Der Einschläfer

Kriminalroman

Für die, die mir alles sind:

Meine Frau Alexandra und meine Kinder Kathrin und Ferdinand

Ich danke Beate, Simone, James und Markus sowie allen anderen, die mich wieder bestärkt, beraten und begleitet haben.

Rüdiger Woog

Der Einschläfer

Kriminalroman

SPIELBERG VERLAG

Alle Vorkommnisse und Personen in diesem Roman sind frei erfunden. Mögliche Ähnlichkeiten mit lebenden Personen sind rein zufälliger Art.

Erste Auflage 2008

Umschlaggestaltung: James D. Beckett, Ingolstadt

Printed in Germany

ISBN: 978-3-940609-07-6

www.spielberg-verlag.de

Über das Buch

Der Regensburger Hauptkommissar Leo Dietz wird in seine Heimatstadt, das niederbayerische Kelheim, gerufen, um in einem äußerst mysteriösen Mordfall zu ermitteln: Denn der täglich von Hunderten von Touristen aufgesuchte Tatort und die bewusste Zurschaustellung der Leiche lassen nicht den Anschein erwecken, als hätte sich der Mörder viel Mühe gegeben, seine Tat zu vertuschen. Er *wollte*, dass man sie findet – und zwar genau so, wie er alles inszeniert hat. Noch ahnt Dietz nicht, dass auch er nur eine von vielen Figuren ist, die der »Einschläfer« in seinem perfiden Spiel auftreten lässt. Aber welche Rolle spielt die traurig schöne Anna, die ihrer toten Schwester auf geradezu gespenstische Weise gleicht? Welche Sprache sprechen die Toten und was ist ihre Botschaft?

Der Fährmann rief: Steigt aus, hier ist der Eingang!
Ich sah wohl tausend, welche einst vom Himmel
Geregnet, bei dem Tor, die zornig sagten:
Wer ist der eine denn, der ohne Tod
Das Reich des toten Volkes so durchwandert?

Dante Alighieri, Göttliche Komödie/Hölle, Achter Gesang

1.

Es war die erste Fahrt am Morgen, aber eine der letzten dieser Saison. Obwohl der Oktober sich ungewöhnlich warm und sonnig verabschiedete, sollte der Betrieb noch vor Allerheiligen eingestellt werden. Dann kam die ganze Flotte der Kelheimer Donau- und Altmühltalpersonenschifffahrt wie jedes Jahr in die Werft nach Saal, wo die acht prächtigen Schiffe überholt und eingewintert werden sollten.

Die *Ludwig der Kelheimer* lag ruhig und irgendwie vertrauenserweckend an der Anlegestelle in Kelheim. Nur beim Ablegen vibrierte die Reling, an der sich eine Gruppe Mountainbiker anlehnte, etwas unangenehm, da die Motoren auf volle Kraft liefen, denn das Schiff musste sich auf seiner Fahrt zum Kloster Weltenburg gegen die Strömung behaupten. Dann aber ging das Motorengeräusch in ein angenehmes, beruhigendes Brummen über und der größere Teil der Passagiere nahm auf den Sitzbänken an und unter Deck Platz, um sich ein Weißbier oder einen Milchkaffee servieren zu lassen. Ein eingespieltes Tonband begleitete mit leiser, dezenter Orchestermusik das kaum merkliche, aber stete Auf und Ab des Bugs, der sich gegen die für die meisten Touristen unerwartet hoch schlagenden Wellen behauptete. Die deutsche Synchronstimme eines bekannten Hollywoodschauspielers erzählte in sonorem Bariton von der Entstehung des Donaudurchbruchs, der überregionalen Bedeutung des Juramarmors, den man in den umliegenden Steinbrüchen abbaue, und von archäologischen Funden, die schon eine erste Besiedelung der Jurakämme zwischen Altmühl und Donau in der Risseiszeit belegen.

Als die *Ludwig der Kelheimer* das so genannte *Klösterl* passierte, eine Einsiedlerklause aus dem fünfzehnten Jahrhundert, die um eine an der Uferböschung liegende Grotte herumgebaut war, und die Tonbandstimme von einer Steinformation, die man Napoleons Koffer nannte, Flusspiraten, und altbayerischem Aberglauben berichtete, waren einige Mountainbiker schon beim zweiten Radler und ein paar Rentnerinnen einer rheinländischen Reisegruppe beim zweiten Stück Donauwelle. Schließlich näherte sich die Fahrt ihrem Höhepunkt: Auf beiden Uferseiten ragten immer steilere Felswände empor und der von Strudeln und Stromschnellen bewegte Fluss, der hier bis zu zwanzig Meter tief war, zappelte durch den Canyon, wie ein Fisch, der den steinernen Klauen der Felsgiganten zu entrinnen sucht. Und als die rheinländischen Seniorinnen anfingen, sich ernsthafte Sorgen um die entgegenkommenden Kajakfahrer zu machen, ragte schon hinter den grünen Spitzen und gelbroten Kronen des Mischwalds, der sich wie ein bunter Pelz um die hohen Felsen schmiegte, die Kuppel des weltberühmten Benediktinerklosters Weltenburg hervor.

Die meisten Passagiere standen auf und begaben sich zum Ausstieg, um einen möglichst guten Platz in der Klosterschänke zu ergattern. Die Kirche, deren Innenarchitektur von den genialen Brüdern und Barockmeistern Asam geschaffen wurde, und die nebst ihrer Geschichte, die bis auf die früheste Christianisierung Europas zurückgeht, eines der grandiosesten Bauwerke Bayerns ist, konnte man ja nach der Schweinshax'n und einem süffigen Dunkelbier besichtigen.

Alle Aufmerksamkeit war also auf das südliche Ufer gerichtet, wo das Schiff in wenigen Augenblicken anlegen würde, als einem Mountainbiker, der schon in der ersten Reihe stand, auffiel, dass er sein Kopftuch – ein Multifunktionstuch aus atmungsaktivem Material von Nike, das man als Halstuch, Mundschutz oder Kopfbedeckung benutzen konnte – auf Deck vergessen hatte. Er bahnte sich mit einem lauten, die rheinischen Kaffeedamen schockierenden *Zefix* einen Weg zurück zur Treppe, die nach draußen an Deck führte. Natürlich lag sein Tuch auf dem hintersten Tisch achtern und er musste über das ganze Deck laufen. Mit einem erneuten *Zefix* sprintete er hin. Aber als er vor dem Tisch stand, vergaß er sein Tuch.

Am nördlichen Ufer erhob sich ein mächtiger Felsen, die so genannte lange Wand. Im Sommer waren hier oft Seilschaften oder Freeclimber zugange. Doch heute kletterte trotz des wunderbaren Wetters scheinbar niemand. Etwas Anderes hatte die Aufmerksamkeit des Mountainbikers auf sich gezogen: Ein bis zwei Meter über der Wasseroberfläche waren Eisenringe in den Fels getrieben, an denen wohl früher Boote festgebunden wurden. Etwas darüber stand eine Heiligenstatue, vermutlich der heilige Nepomuk. Die Figur hielt den Oberkörper zum Wasser hinunter geneigt; ein Arm war wie segnend erhoben; und an eben der Stelle, auf die Nepomuk seinen Blick gerichtet zu haben schien, trieb etwas im Wasser und schlug immer wieder ans Ufer. Es war ein blauer Beutel oder Sack, der mit einem roten Bergsteigerseil an einem der Eisenringe festgebunden war, damit er nicht davontrieb oder ganz unterging.

Sein dritter Fluch blieb dem Sportler nur als ein *Zef*… im Hals stecken. Er ließ sich auf die Sitzbank fallen und führte beide Hände zum Mund. Unendliche Sekunden später sollte er um Hilfe schreiend zu seinen Radlergefährten und den Kaffeedamen rennen.

Aus dem blauen Sack hing eine Hand heraus, die so von den Wellen bewegt wurde, als winke sie, graziös, wie die Hand einer Königin, zu ihm herüber.

Leo Dietz saß in seinem Büro und versuchte, Hans, seinem besten Freund, einen Korb zu geben. Seit Brigitte Leo verlassen hatte und zu ihrem Werbe-Yuppie am Domplatz gezogen war, was nun schon bald ein halbes Jahr zurücklag, glaubten scheinbar alle um ihn herum, dass sie ihn ständig mitziehen und bei Laune halten müssten.

In demselben Gebäude am Haidplatz, in dem Hans seine Zahnarztpraxis hatte, war eine Pizzeria mit gotischem Gewölbe, einem hervorragenden Büfett und den hübschesten Bedienungen in ganz Regensburg. Dorthin wollte Hans ihn – zum dritten Mal in dieser Woche – einladen, aber Dietz hatte heute einfach keine Lust. Er war in einen regelrechten Freizeitstress geraten: mit den Kollegen jeden Mittwochabend Hallenfußball spielen, mit Hans samstags, oder wenn es ging freitags, zum Klettern und anschließend in die Sauna, sonntags bei den Eltern in Ihrlerstein essen und, und und.

Eigentlich war er gar nicht so am Boden zerstört, wie er wohl allseits den Anschein erweckte. Irgendetwas in ihm war sogar ein wenig erleichtert darüber, dass sich ihre Beziehung, die immerhin fast bis auf den Tag genau fünf Jahre gedauert hatte, aufgelöst hatte. Ja, aufgelöst war das richtige Wort: Mit der Zeit hatten sie noch weniger als nur nebeneinander her gelebt, sie waren sich regelrecht aus dem Weg gegangen; obwohl oder vielleicht gerade weil nie etwas vorgefallen war.

Gleichgültigkeit hatte sich breitgemacht und alle Gemeinsamkeiten, die sie miteinander verbunden hatten, überwuchert und nach und nach erdrückt.

Als Leo das letzte Mal mit Brigitte geschlafen hatte, kam es ihm schon wie ein kalter, emotionsloser Abschied vor. Sie liebten sich mechanisch und Brigittes vorgespielte Lust empfand er mehr als würdelos. *Vielleicht*, dachte er, als er mit dem blauen Alessi-Bilderrahmen, der ohne Brigittes Foto auf seinem Schreibtisch stand, spielte, *waren wir nur zusammen, weil wir nach außen hin das perfekte Paar abgaben. Und vielleicht kann oder will deswegen auch niemand verstehen, dass es aus ist.*

Dietz zog eine Schublade an der Unterseite des Schreibtischs auf, nahm seine Dienstwaffe heraus, legte den Bilderrahmen hinein und schloss die Schublade mit mechanischer Gewohnheit ab. Dann zog er seine Öljacke an – deren Geruch Brigitte immer gestört hatte und die er nun wie zum Trotz fast jeden Tag trug – und steckte die Pistole samt Halfter in die Brustinnentasche. Er fuhr sich mit beiden Händen durch die strubbeligen Haare mit der silbernen Strähne am Stirnansatz, von der jeder glaubte, dass sie gefärbt wäre, gab jedoch schnell den Kampf auf und entschied sich lieber dafür, die grüne Fischer-Wollmütze aufzusetzen.

Er war schon im Gang und wollte gerade die Glastür zum Treppenhaus aufstoßen, als er hörte, wie jemand rief

»Ist Hauptkommissar Dietz noch im Haus? Die Kollegen in Kelheim sind schon ziemlich angefressen und wollen wissen, wie lange sie den Tatort noch absperren müssen. Die Schifffahrtsgesellschaft steht Kopf, weil sie den Verkehr lahmgelegt haben, und am Ufer stehen an die hundert Schaulustige.«

Dietz verdrehte die Augen. Doch anstatt noch einmal umzukehren, rief er nur ans andere Ende des Gangs

»Bin schon weg. Rufen Sie bitte noch einmal an und sagen Sie, in zwanzig Minuten bin ich da.«

Er wusste, dass das sehr knapp veranschlagt war und sprang, jeweils drei Stufen nehmend, die Treppe hinunter, wobei er mit der einen Hand die Jacke nach seinem Handy abtastete und mit der anderen den Defender-Schlüssel aus der Hosentasche fischte.

Tatsächlich kam er nach fünfundzwanzig Minuten in Weltenburg an, wo die vielen Reisebusse und Touristen ihm erst Platz machten, als er das Blaulicht aufs Dach stellte und zweimal die Sirene gellen ließ. Am Kiesstrand vor dem Tor zum Klosterbiergarten warteten ein Polizist und ein Mann mit einem grauen Rauschebart vor einem langen, motorisierten Fischerboot auf ihn, das ihn auf die andere Seite zum Tatort bringen sollte. Der Bärtige schien der Besitzer des Bootes zu sein. Am anderen Ufer schaukelte zwar ein Polizeiboot im Wasser, aber Dietz wusste, dass der Strand hier so flach in den Fluss lief, dass es nicht genug Tiefgang gehabt hätte; und bis zum Anlegesteg der großen Schiffe hätte er noch ein gutes Stück zu Fuß zurücklegen müssen.

Drüben angekommen, taumelte Dietz beim Aussteigen und wäre beinahe ins Wasser gefallen, was ein *Obacht* des Bärtigen und vielsagendes Grinsen seitens der Beamten hervorrief.

»Hauptkommissar Dietz, Grüß Gott.«, stellte er sich vor.

»…'ß Gott.«, erwiderten die drei Polizisten, von denen aber keiner seinen Namen nannte.

Nur ein Mann, der mit seiner runden Brille, dem getrimmten Dreitagebart und den kurz geschorenen Haaren, auf denen eine winzige, rote Strickmütze saß, wie Eric Clapton aussah, zog sich einen Gummihandschuh ab, reichte Dietz die Hand und stellte sich als Doktor Haas, Pathologe vom Kelheimer Krankenhaus, vor.

»Wer hat in den Tatort eingegriffen?«, fragte Dietz und wies auf den verschlossenen Aluminiumsarg und den daneben liegenden, sorgsam zusammengefalteten blauen Sack.

»Eingegriffen! Was wollen S' denn?«, sagte der Polizist aus dem Boot, »Dass die tot ist, hat der Doktor schon lang festgestellt und Spuren gibt's im Wasser eh keine.«

Dietz versuchte, den Ärger, der in ihm aufstieg, so gut wie möglich zu verstecken und sagte ruhig, aber bestimmt

»Welche Spuren hier abgenommen werden und wann die Leiche vom Tatort gebracht wird, bestimme ich, werter Herr Kollege!«

»Hören Sie, das war doch ...« Dietz unterbrach ihn unwirsch

»Und wo ist das Bergsteigerseil, von dem Sie den Kollegen am Telefon erzählt haben?«

Der Beamte, der noch vor zwei Minuten so höhnisch gegrinst hatte, schien einige Zentimeter zu schrumpfen, und das Grinsen wich einer tiefen Röte, die von chronisch überhöhtem Blutdruck zeugte. Er murmelte irgendetwas kleinlaut vor sich hin und ging zum Polizeiboot. Er beugte sich über die Reling und zog einen durchsichtigen Plastikbeutel mit dem feinsäuberlich zusammengelegten und verknoteten Seil heraus. Dietz verdrehte die Augen und sah hilfesuchend zu Doktor Haas hinüber, der mit den Schultern zuckte und dabei auf seine Uhr zeigte, als wolle er sagen, dass auch er zu spät gekommen war, um die übereifrigen Polizisten davon abzuhalten, alle Spuren zu verwischen.

»Können Sie noch etwas damit anfangen, Doktor Haas?«, fragte Dietz.

»Ich versuch's mal.«, sagte der Pathologe, zog seinen zweiten Handschuh wieder an, nahm dem Polizisten den Plastikbeutel aus der Hand und hob den nassen, blauen Sack auf, der in keinen der Plastikbeutel passte.

»Allerdings ist die Kelheimer Pathologie nicht die CSI New York.«, grinste er. »Erwarten Sie keine Offenbarungen von mir.«

Dietz nickte.

»Identität?«, fragte er dann, wobei er den genervten Unterton in seiner Stimme nicht mehr unterdrücken konnte.

»Der Kollege kennt sie.«, sagte der Polizist, dessen Kopf immer noch kurz davor war, zu platzen.

»Das ist die Stadler Michaela. Ihr Vater ist ein guter Freund von mir. Die Familie wohnt in Staubing, das ist gleich hier, bei Weltenburg.«

»Ich kenne Staubing. Meine Eltern sind aus Ihrlerstein. Aufmachen bitte.«

Der Polizist, der sich vorher noch selbst zum Wortführer gemacht hatte, tat so, als müsse er irgendwelche Formalitäten erledigen und fummelte mit dem Rücken zum Kommissar an einem Klemmbrett herum, an das ein voll beschriebenes Blatt geheftet war. Die anderen zwei öffneten den Alusarg.

Der Pathologe nahm seine Brille ab und hauchte hinein. Dann trat er mit dem Kommissar an den Sarg.

»Stadler …?«, fragte Dietz einen der Beamten.

»Michaela.«, kam die Antwort.

Dietz beugte sich über die Tote und hatte sofort den Eindruck, dass irgendetwas an der Leiche anders war als bei allen anderen Toten, die er bei seiner Arbeit schon zu Gesicht bekommen hatte. Was es genau war, konnte er nicht sagen. Womöglich hing es auch mit der beinahe wie gewollt aussehenden Spurenvernichtung der Kollegen zusammen, dachte er sich.

Michaela Stadler muss eine sehr hübsche Frau gewesen sein. Da sie wohl noch nicht allzu lange im Wasser gehangen hatte, konnte man das noch sehr deutlich sehen. Ihre langen, vermutlich welligen, schwarzen Haare klebten ihr in dicken, nassen Strähnen um den schlanken Hals, der wahrscheinlich vor Tagen oder nur Stunden noch einen sportlichen, braunen Teint gehabt hatte. Unter der eng anliegenden Kletterkleidung und dem durchnässten Vliespullover zeichnete sich eine athletische Figur ab. Sie mochte kaum mehr als fünfundzwanzig Jahre alt gewesen sein und hatte etwas von jenem bayerischen und zugleich mediterranen Typ, der Dietz eigentlich recht gut gefiel. Er zog, obwohl er nicht die Absicht hatte, etwas zu berühren, aus seiner Öljacke ein Paar Gummihandschuhe, das noch im Beutel verschweißt war, und streifte sie über seine Hände. Als jedoch der linke Handschuh unter dem Handgelenk aufplatzte, setzten die Polizisten wieder ihre höhnischen Mienen auf.

»War sie schon tot, Doktor Haas, als sie ins Wasser getaucht wurde?«

»Vermutlich ja. Sehen Sie sich ihren Hals an.«

Dietz berührte die Leiche nun doch. Er strich ihr, behutsam, als wolle er ein schlafendes Kind nicht wecken, das dicke, nasse Haar vom Hals und entdeckte zwei tiefe, inzwischen violette Strangulierungsstreifen.

»Scheinbar ist sie ihm fast entkommen.«, sagte der Pathologe. »Denn wie es aussieht, hat er zweimal ansetzen müssen. Ich nehme an, er hat das Bergsteigerseil benutzt, oder zumindest ein Stück davon, mit dem er sie erst heruntergelassen und dann verschnürt hat.«

»Er?«, hakte Dietz nach.

»Auch das ist anzunehmen.«, erwiderte Haas.

»Ich habe *er* gesagt, weil es meiner Ansicht nach sehr viel Kraft bedarf, die Leiche ausgerechnet an dieser Stelle aufzubauen, wenn ich das so sagen darf. Sehen Sie sich nur einmal die Wand und den Uferbereich an.«

Dietz kannte den Felsen, er hatte ihn sogar schon selbst ein- oder zweimal bestiegen. Und er musste dem Pathologen Recht geben. Um den Sack mit der Toten flussseits anzubinden, hätte der Täter ein Boot gebraucht. Dann hätte er sich auf dem in den Stromschnellen schaukelnden Boot aufstellen müssen und mit der Toten auf den Armen, ohne sich festzuhalten, eineinhalb oder zwei Meter die glatte Felswand emporklimmen müssen – und er hätte dabei riskiert, seine Last an die Donau zu verlieren. Er musste also von oben gekommen sein und sein Opfer am Seil hinuntergelassen haben.

Dietz war mit dem Alpenverein schon mehrfach Hochalpintouren gegangen und wusste, dass eine Frau sehr wohl einen anderen Bergsteiger mehrere Seillängen ablassen kann. Aber erstens wollte er sich nicht aufspielen und zweitens hatte auch er irgendeine Art Intuition, die ihn spüren ließ, dass das Täterprofil mehr auf einen Mann passte.

»Gut. Danke.«, sagte er zu den Polizisten. Sie können den Tatort abbauen. Doktor Haas …«

Er zog die Handschuhe aus und reichte dem Pathologen die Hand.

»Ich werde sobald wie möglich mit der Autopsie beginnen – ich gehe davon aus, dass Sie eine anordnen.«, sagte er mit einem viel sagenden Lächeln. »Der Bericht wird in zwei, drei Tagen fertig sein.«

Dann schüttelte er sich und sagte

»Ich brauche jetzt etwas Warmes.«, und führte dabei seine Hand mit zusammengepresstem Daumen und Zeigefinger zum Mund, als hätte er eine Tasse, vielleicht auch einen Flachmann, in der Hand.

Noch einmal wandte Dietz sich an die Polizisten

»Haben Sie schon ein Fahrzeug gefunden?«

Wieder Blicke, die zu sagen schienen *Was will der Spinner denn noch alles?*

»Sie wird mit ihrer Kletterausrüstung wohl kaum den Bus genommen haben oder mit dem Fahrrad gefahren sein. Also würde ich an Ihrer Stelle mal da oben nachsehen.«

Dietz wies mit dem Plastikbeutel für die Gummihandschuhe auf den Waldhang oberhalb des Felsens. »Dort oben gibt es doch Parkmöglichkeiten. Rufen Sie mich am Handy an. Hier ist die Nummer. Noch Fragen?«

Natürlich hätte er sich das sparen können.

»Servus.«, sagte er und ging zu dem bärtigen Fährmann, der in seinem Boot saß und mit der Zunge das Papier für seine selbstgedrehte Zigarette befeuchtete.

Als der Defender über die geschotterte Einfahrt an der mächtigen Linde, unter der eine aus einem halben Baumstamm gefertigte Sitzbank stand, vorbei auf das zweistöckige, mit blätterlosem Wein umrankte Bauernhaus zurollte, dachte Leo Dietz, wie ironisch das Leben manchmal sein kann. Als er noch in Ihrlerstein wohnte, war er oft an diesem Hof vorbeigefahren und hatte sich gefragt, wem er wohl gehörte. Jetzt, da er den dunkel lasierten Balkon sah, bildete er sich sogar ein, einmal im Vorbeifahren dort oben eine hübsche, junge, dunkelhaarige Frau stehen gesehen zu haben.

Es war ein stattlicher Hopfenbauernhof und vor der Gerätehalle, an die der Turm mit der Darre anschloss, standen das neueste Kombimodell von Audi, ein BMW-Cabrio und eine größere Enduro. Dietz stellte den Motor ab und ging auf das Haus zu; doch kurz vor dem Stufenpodest drehte er noch einmal um und ging zu den Fahrzeugen hinüber. Der Audi stand da wie frisch ausgeliefert – auf Hochglanz poliert und an der Bereifung konnte man noch die roten und grünen Markierungslinien sehen. Das Cabrio dagegen hatte einige unübersehbare Schrammen und Beulen. Auf dem Beifahrersitz stand ein Karton, der bis zum Rand mit CDs gefüllt war und auf dem Rücksitz lag ein Gitarrenkoffer. Die Enduro war die gleiche Yamaha, die Dietz früher selbst einmal gefahren hatte, und er war sich sicher, dass sie genauso aufgemotzt war wie sein altes Motorrad und alle anderen Geländemaschinen weit und breit. Er musste schmunzeln, als er daran dachte, wie er mit seinen Freunden in der Garage seines Vaters seinen *Bock*, wie sie ihre Motorräder nannten, frisierte und in der Schule beinahe sitzen geblieben wäre, weil sie jede freie Minute damit verbrachten, in einem stillgelegten Steinbruch Gelände zu fahren. Einmal hatte er sich sogar bei einem verunglückten Sprung von einem Sandhügel das Wadenbein gebrochen.

»Die ist nicht zu verkaufen.«, hörte er eine Stimme hinter sich und drehte sich um.

Vom Haus her kamen ein großer, blonder Mann mit einem rotweißen Lederkombi und eine Frau herüber, die der Toten aus dem Donaudurchbruch wie aus dem Gesicht geschnitten war. Sie trug eine enge Jeans und einen ebenfalls eng anliegenden, bunten Rollkragenpullover. Aus ihrem langen, lockigen Haar, das sie zu einem Pferdeschwanz zusammengebunden hatte, fielen Strähnen herab, die sie beim Näherkommen hinter die Bügel ihrer schmalen, schwarzen Brille steckte.

»Nein.«, gab Dietz zurück. »Ich möchte sie nicht kaufen. Ich hatte aber mal die gleiche.«

»Wie können wir Ihnen dann helfen – suchen Sie vielleicht ein Fremdenzimmer? Wir haben leider keine.«, sagte die junge Frau und schielte auf das Regensburger Kennzeichen.

»Nein … danke. Das auch nicht. Mein Name ist Leo Dietz. Kriminalpolizei Regensburg.«

Der große Mann im Lederkombi baute sich vor Dietz auf.

»Hören Sie, die Maschine ist sauber; alles ist zugelassen und vom TÜV abgenommen. Was soll ich denn schon wieder gemacht haben? Suchen S' wieder einen von uns kriminellen Motorradfahrern?«

Dietz machte eine beschwichtigende Handbewegung.

»Es geht um …«

»Ist was mit Michaela?«, fragte plötzlich jemand ganz dicht neben Dietz, der zusammenzuckte und einem etwa sechzig Jahre alten Mann mit grauem Schurrbart und Filzhut direkt in die blauen Augen sah.

»Könnten wir vielleicht ins Haus gehen?«, fragte Dietz.

Der Mann nickte und stapfte mit seinen klobigen Sicherheitsstiefeln voraus. Die junge Frau wartete schweigend auf Dietz – er sah ihr an, dass ihr plötzlich kalt wurde – und führte ihn ins Haus, während der Motorradfahrer noch schnell seinen Helm an den Lenker der Yamaha hängte und hinterher kam.

Dietz betrat die große, mit Solnhofer Platten ausgelegte Diele, die geradewegs zu einer schweren Eichentreppe führte. Zu beiden Seiten der Diele befanden sich je zwei verschlossene Türen. Der große Kronleuchter warf ein warmes Licht auf eine mit Bauernmalerei verzierte Kommode, über der ein breiter, silberner Spiegel hing. Die Wände waren mit allerlei größeren und kleineren Landschaftsansichten und Fotografien behängt; links neben dem Raum, in den Stadler vorausgegangen war, zierte ein mächtiger Kranz aus Hopfendolden die Wand.

Stadler saß auf einer Eckbank am Kopfende eines ovalen Buchentisches und stellte, mit einem Blick zu seiner Tochter, die zwei Töpfe vom Herd schob und das Gas abdrehte, das unbenutzte Geschirr an den Tischrand. Dietz blieb so lange stehen, bis auch der junge Mann Platz genommen hatte, und zog dann, da niemand etwas sagte, einen Stuhl vom Tisch und setzte sich.

Für ihn waren solche Momente das Schlimmste, was sein Beruf ihm abverlangte. Er sah in bleiche Gesichter, die ihn anflehten, nicht das auszusprechen, weswegen er gekommen war. Und jedes Mal, wenn er den letzten Hoffnungsfunken zertreten musste und sich die Furcht, die aus den Blicken der Menschen sprach, in nacktes Entsetzen verwandelte, fühlte er sich schuldig, wie ein Operateur, dem ein Patient unter dem Skalpell gestorben war.

»Ist sie …«, brach die junge Frau das lange, schwere Schweigen, das den Raum erfüllte und die Decke und die Wände immer enger zusammenzog.

»Ja.« Dietz nickte.

»Wir haben Ihre Tochter«, er sprach in Richtung Stadlers, der seinen Filzhut abgenommen hatte und den Kopf mit dem schütteren Haar in seine langen, sehnigen Hände gestützt hatte, als ob er ganz behutsam ein filigranes Vogelnest hielte, das er nicht zerbrechen wollte,

»beim Kloster gefunden. Es tut mir sehr Leid.«

»Und, Herr Stadler«, fuhr er fort, obwohl er jetzt zu der jungen Frau hinüber sah, die zweifellos Michaela Stadlers Schwester war,

»Sie … Es war kein Unfall.«

Stadler hob langsam den Kopf und sah an Dietz vorbei zur Tür hinaus.

»Michaela ist offensichtlich das Opfer eines Verbrechens.«

»Wie … meinen … Sie das? Opfer eines Verbrechens?«, fragte der Motorradfahrer schwer atmend und zog gleich darauf ein Asthma-Spray aus seiner Brusttasche und setzte es an den Mund.

»Ich muss Ihnen leider sagen, dass jemand Ihre … Schwester … ermordet hat.«, antwortete Dietz, und merkte sofort an seinem Blick, dass er nicht ihr Bruder war.

»Sie sind der …?«

Er erhielt keine Antwort mehr. Der junge Mann war aus dem Zimmer gestürmt.

»Daniel ist – war – Michaelas Verlobter.«, antwortete die Frau an seiner Statt.

»Entschuldigen Sie bitte, Herr … Dietz. Wir haben uns alle nicht vorgestellt. Ich bin Anna Stadler, Michaelas Schwester. Und das«, sie drehte ihren Kopf halb zur Tür, »ist Daniel Schneider. Sie wollten nächstes Jahr im Sommer heiraten.«

Dietz nahm drei Visitenkarten aus der Tasche und legte sie auf den Tisch. Dann fasste er noch einmal in seine Öljacke, holte einen Kugelschreiber heraus und notierte etwas auf eine der Karten.

»Das ist die Nummer von Doktor Jahn. Sie ist meine Kollegin, und falls Sie psychologischen Beistand brauchen, kann sie Ihnen sicher helfen.«

Der Vater reagierte nicht. Aber Anna Stadler nahm die Karte mit zitternden Fingern an sich und starrte sie lange an, als könnte sie den Zahlen und Buchstaben entnehmen und verstehen, was mit ihrer Schwester geschehen war.

»Ich kenne Frau Doktor Jahn. Sie war schon einmal bei uns in der Schule und hat … ein … Seminar durchgeführt. – Ich bin Lehrerin am Kelheimer Gymnasium.«, fügte sie erklärend hinzu.

Schließlich fragte sie, ohne den Kopf zu heben

»Müssen wir sie identifizieren?«

»Nein, heute nicht. Aber morgen oder übermorgen müsste es ein Familienmitglied tun.«

»Wo ist sie jetzt?«

»Im Kelheimer Krankenhaus, in der … wir … müssen eine Autopsie durchführen.«

Beide nickten wortlos, Stadler hielt den Kopf in den Händen, aber Dietz konnte sehen, wie seine Knöchel weiß wurden und ihm Tränen über die Handgelenke liefen.

Dietz stand auf und ging zur Tür.

»Rufen Sie mich oder meine Kollegin an, wenn irgendetwas ist – auch wenn es mitten in der Nacht sein sollte.«, sagte er leise, obwohl er wusste, dass niemand anrufen würde. So war es immer.

»Es tut mir wirklich Leid. Gute Nacht.«

Als er zu seinem Defender ging, sah er, dass die Enduro weg war.

Gerade, als er den Motor starten wollte, kam Anna Stadler aus dem Haus gelaufen. Er stieg noch einmal aus und wartete.

»Ich werde morgen meine Schwester identifizieren, wenn das möglich ist.«

Ihre Stimme war zittrig, aber gefasst.

»Ich weiß nur nicht, was ich da tun muss.«

Der Kommissar sah sie lange an.

»Wenn Sie möchten, begleite ich Sie.«, sagte Dietz. »Geht morgen Vormittag für Sie in Ordnung?«

Anna zuckte mit den Schultern.

»Gut, dann werde ich Sie gegen zehn abholen, wenn Ihnen das recht ist.«

»Danke. Sie sind sehr nett.«

Er hatte keine Lust mehr, bis nach Regensburg zu fahren. Morgen war Sonntag und er konnte bei seinen Eltern in Ihrlerstein bleiben. Auf dem Rückweg nach Kelheim sah er immer wieder von weitem die beleuchtete Befreiungshalle durch die Bäume blitzen. Und als er unten in der Stadt war, entschloss er sich, obwohl er schon seit Mittag nichts mehr gegessen hatte und ziemlich hungrig war, kurzerhand, hinaufzufahren.

Es war mittlerweile schon nach neun und der erhabene Klenzebau seit Stunden von den Touristen verwaist. Dietz ließ den Defender mitten auf der Zufahrtsstraße stehen und setzte sich auf die ausladenden Stufen des klassizistischen Tempels, den König Ludwig I. dem Volk aus Dank für die Kämpfe gegen Napoleon erbaut hatte, und der wie eine Krone auf dem sagenumwobenen Michelsberg saß. Früher sollte hier eine bedeutende Keltenstadt gestanden haben, und noch heute zog es Möchtegern-Druiden, Anthroposophen und andere Esoteriker hier herauf, um allerhand Schwingungen und magische Kräfte zu verspüren.

Unter ihm lag die schwarze Donau, um die herum die Lichter von Kelheim funkelten. Ganz im Osten leuchtete der Hafen und gab, jetzt in der Dunkelheit, der Stadt den Anschein, als läge sie irgendwo am Meer.

Dietz stellte seinen Kragen hoch und lehnte müde die Schulter gegen die gemauerte Einfassung der riesigen Treppe. *Irgendwo da unten sitzt vielleicht dieses Schwein*, dachte er, *schaut sich 'Wetten, dass?' im Fernsehen an und trinkt gemütlich sein Bier. Irgendwo da unten, irgendwo…*

Als Leo von Regentropfen, die immer stärker wurden und in immer kürzeren Abständen auf sein Gesicht niederprasselten, aufwachte, war es Viertel vor zwölf. Er hinkte zum Auto, da seine ganze linke Körperhälfte eingeschlafen und jetzt taub war, fuhr wieder die Serpentinen in die Stadt hinunter und nahm die Straße nach Ihrlerstein.

2.

Erna und Gerhard Dietz bewohnten eines der ältesten Häuser von Ihrlerstein. Doch das konnte man dem großzügigen Bau mit dem ins Tal überhängenden Wintergarten und dem Glassichtdachstuhl kaum ansehen, denn vor sechs Jahren, als Leos Vater in Rente gegangen war, hatte er, größtenteils in Eigenregie, das Jurahaus, in dem schon seine Großeltern aufgewachsen waren, von Grund auf renoviert. Nur die riesige Fichte und der knorrige Birnbaum, der, je älter er wurde, mehr zu tragen schien, wiesen darauf hin, dass der Besitz ein älterer war.

Gerhard Dietz hatte eine Beamtenlaufbahn im höheren Dienst hinter sich und dachte noch lange nicht daran, sich aufs Altenteil zu verlegen. Und da seine Frau einer Brauerei entstammte und ihr halbes Leben lang damit verbracht hatte, Gäste zu bewirten, hatten sie in ihr Wohnhaus zwei Fremdenzimmer mit separatem Eingang und einen kleinen Frühstücksraum integriert.

Wenn Leo über Nacht blieb und eines der Zimmer frei war, brauchte er nicht auf dem Canapé zu schlafen, das in der immer völlig überheizten Küche stand, was ihm mehr als lieb war, da seine Eltern beide ausgesprochene Frühaufsteher waren und die Küche dementsprechend zeitig benutzt wurde. Leo führte den Schlüssel zu den Fremdenzimmern immer mit sich am Schlüsselbund. Daher brauchte er, wenn das Schild *Zimmer frei* im Fenster stand, auch spät abends seine Eltern nicht zu wecken. Nur einmal, letzten oder vorletzten Sommer, als zwei rüstige Rentner aus Lübeck anlässlich ihrer Goldenen Hochzeit einen Kurzurlaub im Altmühltal machten, hatte Leos Mutter, als er mit Brigitte aus dem Italienurlaub zurückkam, vergessen, das Schild umzudrehen. Leo und Brigitte tranken, gewissermaßen zum Abschluss der Reise, in einer Pizzeria in Kelheim drei oder vier Karaffen Lambrusco und keiner von beiden war mehr im Stande bis nach Regensburg zu fahren. Sie waren ziemlich beschwipst, weswegen Leo zuerst das Schlüsselloch nicht fand. Als die Tür schließlich doch aufsprang, hatte ihm Brigitte bereits die Jeans runtergestreift und er ihr das leichte Sommerkleid über die Schultern gezogen. Die zu Tode erschreckten Lübecker riefen sogleich nach der Polizei, was Leo zum endgültigen Verhängnis wurde. Denn in seinem Suff versuchte er, den Polizeiausweis aus seiner heruntergelassenen Hose zu ziehen, wobei er vornüber auf die Bettkante fiel und sich fast die Nase gebrochen hätte.

Als Leo zum Frühstück in die Küche kam, war seine Mutter schon dabei, ihren berühmten Rollbraten ins Rohr zu schieben. Leo murmelte ein *Guten Morgen* und schenkte sich aus der Kaffeekanne, die auf der noch eingeschalteten Heizplatte stand, einen großen Keramikbecher ein.

»Iss nicht zu viel.«, sagte seine Mutter. »Um halb zwölf ist das Essen fertig.«

Dietz wusste, dass er das, da er ja noch mit Anna Stadler ins Krankenhaus musste, nicht schaffen würde, aber er wollte sich diesem Konflikt frühestens nach dem ersten Becher Kaffee stellen.

Er ging noch einmal hinaus, holte sein Handy aus dem Zimmer und nahm wieder in der Küche Platz. Die Mailbox zeigte zwei Nachrichten an. Leo ließ die erste abspielen

Ja, Grüß Gott Herr Dietz. Hier Potzner, Polizei Kelheim. Wir haben das Fahrzeug gefunden. Es handelt sich um einen VW-Polo, silber, Kennzei…

Dietz drückte auf *Nachricht speichern.*

Die zweite Nachricht war von vier Uhr dreißig

Hallo? Herr … Dietz … Anna Stadler am Apparat. Es … es geht um meinen Vater. Er hat sich im Schlafzimmer eingeschlossen und öffnet mir nicht die Tür. Er antwortet nicht einmal …

»Scheiße!«, rief Dietz und schüttete sich beim Aufspringen den Kaffee über Hemd und Hose.

»Mama, ich muss weg. Ich ruf dich von unterwegs an, ja?«

Frau Dietz hatte in der linken Hand eine riesige Karotte und in der rechten ein noch riesigeres Messer. Sie warf beides auf die Abtropfe, nahm ein Küchentuch und wischte kopfschüttelnd den verschütteten Kaffee vom Tisch. Sie hatte vollstes Verständnis für den Beruf ihres Sohnes. Nur, dass sie deswegen regelmäßig auf ihrem Sonntagsbraten sitzen blieb, sah sie nicht unbedingt ein.

Der Defender wirbelte den Schotter der Hofeinfahrt auf und das rechte Vorderrad spritzte das Regenwasser, das sich in den vielen Pfützen gesammelt hatte, hoch in die Luft und besprenkelte den sauber polierten Audi mit dicken, braunen Dreckspritzern. Hinter dem Audi stand ein VW-Golf. Wenn es Déjà-vus gibt, dann war dies sicher eines: Wieder kamen Anna Stadler und der große blonde Mann – Daniel Schneider, wie Dietz jetzt wusste – zusammen aus dem Haus heraus.

Dietz lief ihnen entgegen und fragte

»Was ist passiert – entschuldigen Sie, meine Mailbox, ich habe erst heute Morge…«

»Passt schon, Herr Kommissar. Übrigens, nichts für ungut wegen gestern Abend.«, sagte Daniel Schneider und zog seinen Autoschlüssel aus der Hosentasche.

»Das … äh … ist schon okay.«, antwortete Dietz etwas verwirrt, und er spürte, wie er rot wurde, was er wie die Pest hasste.

Er wandte sich an Anna Stadler
»Wo ist Ihr Vater? Was hat er gemacht?«
Die junge Frau zeigte einen Anflug von einem Lächeln und steckte sich wieder ihre schwarzen Korkenzieherstähnen hinter die Brille – eine Geste, die in ihrer Anmut nicht einmal Da Vinci hätte einfangen können, wie Leo fand, und sagte
»Kommen Sie, ich führe Sie zu ihm.«

Dietz zog den Reißverschluss seiner Jacke hoch, um die Kaffeeflecken zu verbergen, und folgte Anna Stadler, die ihn die Eichentreppe am Ende der großen Diele hinaufführte. Schneider kam hinterher. Als sie oben waren, röchelte und rasselte es ihnen entgegen. Anna schob vorsichtig eine Tür auf und Dietz sah einen verdunkelten Raum vor sich. Dennoch fiel durch die Ritzen der Fensterläden genügend Licht, dass er Stadler erkennen konnte, der in voller Kleidung, samt Stiefeln, auf einem großen Ehebett aus Kirschholz lag und vor sich hin schnarchte. Über dem Bett hing jenes Bild, das so viele Schlafzimmer zierte: Es zeigte Jesus, wie er scheinbar in Gedanken versunken auf einem Berg – vermutlich dem Ölberg – über dem nächtlichen Jerusalem saß und von einem wunderlichen Licht erfasst wurde, das von jenseits der Sterne und des vollen Mondes herzukommen schien. Dietz folgte Jesu Blick, der auf den zum Bett passenden Nachttisch fiel, auf dem neben einer Jugendstillampe eine halbvolle, durchsichtige Flasche stand, die eine ebenso durchsichtige Flüssigkeit enthielt. Vor dem Nachttisch lag auf dem Boden eine weitere – sie war leer.
»Ich denke, es geht ihm gut. Mein Vater ist einiges gewöhnt. Ich glaube, Sie wissen, wie ich das meine.«
Nun hatte sie wieder diesen hilfesuchenden Blick.

»Als ich Sie heute Nacht nicht erreicht habe, habe ich Daniel angerufen. Er ist gleich gekommen und hat die Tür aufgemacht.«

Erst jetzt fiel Dietz auf, dass das Schloss aus dem Türrahmen herausgebrochen war.

Schneider kratzte sich verlegen am Hals. Anna hob die leere Flasche auf und nahm auch die vom Nachttisch an sich. Der Geruch, den sie verbreiteten, drehte Dietz den Magen um.

»Hören Sie«, sagte er nach einem langen, peinlichen Moment des Schweigens, »wir können das mit dem Krankenhaus auch morgen machen.«

»Nein, nein.«, warf sie ein, »Daniel bleibt solange hier und passt auf Papa auf. Ich … möchte es, glaube ich, hinter mich bringen. Außerdem – ich weiß nicht, ob Sie das verstehen können – ich möchte meine Schwester noch einmal sehen. Wenn es Ihnen passt – es ist zwar schon elf vorbei, und Sonntag – könnten wir vielleicht doch noch fahren.«

Das Kelheimer Kreiskrankenhaus war ein Gebäudekomplex, dessen Ausmaße man von der Straße unten gar nicht erahnte. Ein Betonkasten aus den sechziger oder siebziger Jahren war, einem Biberbau gleich, hier erweitert, da erhöht worden, und man hatte ihm mit viel Glas und Stahl den Look der Neunziger aufgesetzt.

Dietz hatte den Defender auf einem kleinen Parkplatz hinter dem Krankenhaus abgestellt, von wo aus ein schmaler, aber stetig ansteigender Pfad zu einem im Wald verborgenen Kalvarienberg führte. Der Weg hinauf verlor sich irgendwo im Dunkeln, wie ein Höhleneingang, stumm bewacht von dem ersten steinernen Bildstock des Leidenswegs.

Der eigentliche Besucherparkplatz lag zwar unterhalb der Anlage, aber hier, wusste Dietz, konnte man immer einen freien Platz finden.

Am Empfang fragte er nach Doktor Haas, doch der, hieß es, sei heute nicht im Haus. Am Montag oder Dienstag müsse er wieder hier sein. Dietz zog seinen Dienstausweis heraus, erklärte, worum es ging, und beobachtete dabei, wie der molligen Frau das Blut aus dem Gesicht entwich, sie sich auf die etwas aufdringlich geschminkten Lippen biss und, ihren Kugelschreiber ein- und ausklippsend, zum Hörer griff. Sie flüsterte etwas hinter vorgehaltener Hand ins Telefon und meinte dann, dass *unten* – sie schien sich zu bemühen, dieses Wort möglichst gleichgültig auszusprechen – jemand auf sie warte.

Es war lächerlich, den Aufzug zu nehmen, denn ins Untergeschoss, wo sich die Pathologie befand, hätte man höchstens fünfzehn oder zwanzig Stufen nehmen müssen. Aber Dietz dachte, und diese Meinung vertrat er schon seit langem, dass ein Aufzug in Extremsituationen, zu denen dies ja wohl zählte, immer ein Zwischenaufenthalt, gewissermaßen ein Niemandsland war, als ob man auf die Stand-by-Taste drückte und für wenige Augenblicke durchatmen und die Maske der Fassung vom Gesicht fallen lassen könnte, man selbst sein, bar jeglicher Eindrücke aus der Außenwelt; auch wenn es nur für zehn Sekunden war.

Die Kelheimer Pathologie gab es noch nicht allzu lange, und sie war im Vergleich zu der in Regensburg geradezu winzig. Von riesigen Edelstahlfluchten mit zahlreichen Schubkühlfächern war nichts zu sehen. Sie wurden auch nicht an irgendwelchen Seziertischen unter kaltem Neonlicht, mit Wasserschläuchen, Metallschüsseln und Knochensägen vorbeigeführt. Stattdessen betraten sie ein kleines Zimmer, das sich, bis auf den Umstand, dass es keine Fenster und keine Bilder an der Wand hatte, in nichts ausnahm, was nicht ein normales Patientenzimmer hätte sein können. In der Mitte des Raumes stand ein Bett, auf dem, bis zum Kinn mit einem weißen Leinentuch bedeckt, Michaela Stadler lag. Ihre Haare waren trocken und verdeckten, worüber Dietz sehr froh war, zusammen mit dem Leinentuch die Strangulierungsmerkmale an ihrem Hals. Das Licht war etwas gedämpft, sodass Anna Stadler möglicherweise die wachsartige Verfärbung im toten Gesicht ihrer Schwester gar nicht auffiel, hoffte Dietz. Er sah die beiden Schwestern an, die tote und die lebende, und fand für einen Augenblick die eine so leblos wie die andere. Anna sah auf Michaela herab wie auf den Spiegel einer dunklen Wasseroberfläche, an die sich, vom Grund herauf, ein schwereloser Körper nähert, streckte ihre Hand aus und strich ihrer Schwester dieselbe Strähne von der hohlen Wange, die sie sich zwei Sekunden später selbst hinter den Brillenbügel schob. Dann drehte sie sich um, nickte der hinter ihr wartenden Ärztin zu, nahm wortlos das Klemmbrett mit dem grünen Formular entgegen, setzte ihren Namen an die vorgesehene Stelle für die *Unterschrift der/des Angehörigen* und verließ den Raum.

Leo Dietz und Anna Stadler waren bereits ins Freie getreten, sie in ihrer Handtasche, er in seinem Kopf kramend nach irgendetwas, was zu tun, was zu sagen wäre, ein Papiertaschentuch, eine Bemerkung, ein Brillenetui oder eine Floskel, die sie in die Banalität des mittlerweile regennassen Krankenhausparkplatzes hätte zurückführen können, als ihnen die Ärztin mit dem Klemmbrett nachgelaufen kam.

»Frau Stadler, Sie können die Sachen Ihrer Schwester gleich mitnehmen, wenn Sie möchten.«

Anna Stadler sah durch sie hindurch und sagte nichts. Dietz wechselte mit der Ärztin ein paar Worte, brachte die junge Frau zum Auto, holte seinen Trekkingrucksack aus dem Kofferraum und lief zurück, um die Kleidung und etwaige persönliche Gegenstände der Toten mitzunehmen.

Natürlich war Erna Dietz schon angekratzt, als ihre Soße fast verdampft und die Knödel matschig geworden waren. Doch als Leo auch noch eine bedenkliche Appetitlosigkeit zutage legte, wo er doch ohnehin schon so abgemagert aussah, war für die ständig um das – leibliche – Wohl ihres Sohnes besorgte Mutter der Ofen im wahrsten Sinne des Wortes aus. Den restlichen Nachmittag saß sie mit säuerlicher Miene zwischen den Patchworkkissen auf dem großen, roten Canapé in der Küche und las ihren Pilcher-Roman. Erst Leos Versprechen, eine große Tubberware-Schüssel mit kaltem Braten mit nach Regensburg zu nehmen, konnte ihr das erste Lächeln des Tages abgewinnen. Und als Leo ihr auch noch versprach, da er jetzt viel in Kelheim zu tun habe, am Montag oder Dienstag wiederzukommen, war aller Zorn verraucht und verflogen.

Es war noch nicht besonders spät, als Dietz in Regensburg ankam. Er sperrte die Wohnungstür auf und drückte die Wiedergabetaste seines Anrufbeantworters, der gleich nach der Tür neben der Garderobe hing. Was ihn damals geritten hatte, das Ding an die Wand zu dübeln, statt es wie jeder andere normale Mensch einfach irgendwohin zu stellen, wusste er nicht mehr. Das Display zeigte sieben Anrufe an. Zweimal war es Brigitte, die ihr Fondue-Set haben wollte, viermal Hans mit einem breit gefächerten Angebot an Pizzerias, Kneipen und Wellnesswochenenden, zweimal hatte der Anrufer einfach aufgelegt.

Leo ließ die Peter Gabriel-CD, die sich fast immer im CD-Player befand, laufen, programmierte viermal *Salisbury Hill*, stellte den kalten Schweinebraten in den Kühlschrank, nahm sich ein Pils und ließ heißes Wasser in die Badewanne. Am Fußende der Wanne hing eine Schwarzweißfotografie von Pat O'Hara, die eine bergige Waldlandschaft im Yosemite-Nationalpark zeigte. Der heiße Dampf tat gut und hüllte ihn wie in einem Schlafsack warm und wohlig ein, und kurz bevor ihm die Augen zufallen wollten, konnte er gerade noch das dünne, rote Seil sehen, das jemand plötzlich von einem der kegelartigen Felsen herab in die Dunkelheit warf. Er tauchte ganz unter Wasser, wobei er sich an der auf den Grund der Wanne gesunkenen Pilsflasche stieß. Er trocknete sich nur flüchtig ab, zog sich schnell eine Jogginghose und ein T-Shirt über und holte den Rucksack mit Michaela Stadlers Sachen aus dem Kofferraum des Defenders.

Zuerst sah er sich die Kletterkleidung an. Alles war ordentlich zusammengelegt und machte im trockenen Zustand einen fast ungebrauchten Eindruck. Michaela hatte von den Kletterschuhen bis hin zur Funktionsunterwäsche ausschließlich hochwertige Markenstücke getragen. Zwischen dem Vlies und der Kletterhose fand sich ein Schlüsselbund mit einem kleinen, schweren Silberherzen als Anhänger daran. Um zwei Haus- oder Wohnungsschlüssel war ein flauschiger, violetter Haargummi gebunden. Daneben lag eine kleine Plastiktüte mit den Wertgegenständen der Toten. Dietz legte ihren Inhalt auf die schwarze Platte des Couchtisches: eine übergroße Swatch mit Metallgehäuse, orangem Zifferblatt und schwarzem Lederband, zwei kleine, ineinander verhakte Kreolen und ein schlichter silberner Ring.

Sehr aufschlussreich war das nicht. Dietz blies schnalzend die Luft aus den Lippen. Schließlich stellte er den Couchtisch an die Wand und breitete alles vor sich auf dem Boden aus. Dann versuchte er sich vorzustellen, in welcher Reihenfolge Michaela Stadler sich angezogen und ihren Schmuck angelegt hatte, wie sie den Klettverschluss ihrer Sportschuhe zugezogen und sich mit dem violetten Haargummi einen Pferdeschwanz gebunden hatte. Er schloss die Augen und ließ die Bilder, die zunächst nur in dünnen Fetzen vorbeischwirrten, auf sich wirken. Er sah die junge Frau langsam und zögerlich auf den Abgrund der langen Wand zugehen. Vielleicht überprüfte sie noch einmal ihre Schuhe und zog den Reißverschluss des Vliespullis hoch. Dann kam ein neues Bild: Michaela Stadler stellte ihren Polo ab, zog den Schlüssel aus dem Zündschloss – da wurde die Beifahrertür aufgerissen …

Plötzlich tauchte ein anderes Bild auf, das so sehr zu wachsen schien, dass es Leos ganze Wohnung ausfüllte; aber es war kein geträumtes, sondern ein reelles Bild, das er wirklich gesehen hatte: Er sah den geöffneten Alusarg mit Michaela Stadlers von nassen Haarsträhnen verklebtem Gesicht und den wie zum Schlafen geschlossenen Augenlidern.

»Das ist es vielleicht.«, murmelte Dietz und hob den Schlüsselbund mit dem violetten Haargummi auf.

»Natürlich, das ist es wirklich!«, rief er, während er mit dem Zeigefinger über das Silberherz in seiner hohlen Hand strich. »Ich glaube, langsam lerne ich dich kennen, Michaela Stadler.«

Damit machte er sich noch ein weiteres Pils auf, legte

sich auf die für einen Single, der er ja nun wieder war, viel zu breite Couch und ließ Peter Gabriel für weitere vier Mal auf den Salisbury Hill klettern.

3.

Josepha Kramer ging nicht nur jeden Tag, nein, sie ging pro Tag gleich zwei-, manchmal dreimal, etwa im Sommer, wenn es das Grab zu gießen galt, auf den direkt am Donauufer gelegenen Friedhof im Kelheimer Stadtteil Affecking. Noch vor wenigen Jahren hatte sie in der darüber wachenden Kirche ihren Dienst als Messnerin versehen. Jetzt fanden dort nur noch selten Andachten oder Rosenkränze statt. Aber wenn dies, was höchstens einmal im Jahr vorkam, der Fall war, sperrte *die Kramerin*, wie die in ganz Kelheim bekannte Frau schlechthin genannt wurde, mit dem großen Schlüssel, den sie das ganze Jahr hindurch mit sich führte, auf, besorgte frische Blumen – in der warmen Jahreszeit aus ihrem eigenen Garten – und zündete die Kerzen an.

Sie war schon immer in die kleine Kirche am Fluss gekommen: Ihre Eltern und schon deren Eltern hatten dort vor unendlich langer Zeit geheiratet, ihre Kinder zur Taufe und wiederum ihre Eltern zu Grabe getragen; und so ging es wohl die Jahrhunderte zurück und zurück. Als Mädchen hatte die Kramerin mit ihren Freundinnen, die alle vor fünfundachtzig bis neunzig Jahren hier getauft worden waren und fast alle schon an diesem Ort begraben lagen, auf dem Friedhof *Räuber und Schandi* gespielt, und wenn sie sich in ihrem weißen Kleidchen hinter einem der unteren Grabsteine versteckte und die anderen Mädchen bereits das Spiel aufgegeben hatten, blieb sie dort sitzen, um dem Gang des Flusses zuzusehen. Dann stellte sie sich vor, wie die Toten von hier aus ihre letzte Reise antraten und in schlanken, grauen Booten dem Strom ins Jenseits folgten.

Ihr Leben lang war ihr selbstverständlich gewesen, dass auch sie hier einmal, neben ihren Eltern und Geschwistern, den zwei Kindern, die sie im Wochenbett verloren hatte, und ihrem Mann, der zu Fuß aus russischer Gefangenschaft zurückgekehrt und eine Stunde vor Kelheim von einem LKW überrollt worden war, ihre letzte Ruhe finden sollte. Aber nein, aus diesem Traum mochte wohl nichts mehr werden. Seit mehr als zehn Jahren wurde auf dem Affeckinger Friedhof niemand mehr beigesetzt. Stattdessen begrub man die Kelheimer Verstorbenen nun in einem Friedhof, der mitten in den bewaldeten Hängen Richtung Weltenburg hinauf lag – mit »Blick« auf die Befreiungshalle, die unerreichbar auf dem gegenüber liegenden Hang saß. Sicher war es ein sehr schöner Friedhof, der in seiner Naturbelassenheit dem eigentlichen Sinne des Wortes *Friedhof* durchaus gerecht wurde – nur lag er eben so arg weit weg von den Ihren. Manches Mal, wenn sie zu einer Beerdigung in den Waldfriedhof herauf kam, sah sie kopfschüttelnd ins Tal hinunter und fragte sich, wie sie nur jemals von hier zum Fluss kommen würde.

Der Affeckinger Friedhof war in zwei Ebenen unterteilt; die Kramerin stand auf der unteren und verstand die Welt nicht mehr. Sie war nicht allein. Bei ihr standen der Pfarrer, ein Stadtrat, der gleich neben dem Friedhof wohnte, vier ältere Frauen, von denen sich zwei, wild gestikulierend, gegenseitig zu überschreien versuchten, ein Wandertourist mit einem überdimensionalen Rucksack, eine Hand voll Schulkinder und Josepha Kramers Schwiegertochter.

Der Stadtrat redete am Handy auf jemanden ein und der Pfarrer schüttelte angesichts der Vorwürfe, die ihm Josepha Kramers Schwiegertochter an den Kopf warf, nur verständnislos den Kopf.

»Sie müssten es doch am besten wissen, dass hier keine Beerdigung stattgefunden hat, wo doch Ihre Schwiegermutter unsere letzte Messnerin geblieben ist.«

Seine Stimme klang wie die eines Kindes, dem Erwachsene nicht glauben möchten, dass es nichts angestellt hat.

»Können S' mir dann einmal erklären, wie dann das frische Grab hier herkommt, wenn's gestern Abend noch nicht da war?«

Die Schwiegertochter wies mit ausgestrecktem Finger auf einen tatsächlich frisch aufgeworfenen Grabhügel, den allerdings weder ein Kreuz noch eine einzige Blume zierte.

»Womöglich ist es ein Dummejungenstreich«, versuchte es der Pfarrer, »ein geschmackloser Halloween-Nachtrag, möchte man meinen.«

Die Blicke der Frauen sagten ihm, dass sie diesen Gedankengang nicht nachvollziehen konnten.

Dem Touristen schien diese bayerische Szenerie zu gefallen, denn er hatte schon seine DigiCam aus dem Rucksack gekramt. Doch als der völlig entnervte Stadtrat auf ihn zu schoss, schob er sie gleich wieder in die K-Way- Jacke und zog sich auf die obere Ebene des Friedhofs zurück. Es sah wohl so aus, als ob aus dem Urlaubsvideo vorerst nichts werden sollte.

»Wie geht es Ihnen?«, fragte Dietz ins Telefon, wobei er mit dem Kugelschreiber um den Briefkopf des Regensburger Polizeipräsidiums herumkritztelte.

»Danke, schon besser. Tut mir Leid wegen gestern. Ich habe die Sachen ganz vergessen.«, antwortete Anna Stadler.

»Nein, nein. Ich wollte mir sowieso alles ansehen. Dabei ist mir etwas aufgefallen, über das ich gerne mit Ihnen sprechen würde – aber nicht am Telefon.«

Dietz hörte keine Antwort; er dachte schon, die Leitung sei zusammengebrochen oder die junge Frau hätte aufgelegt, denn am anderen Ende war es lange still.

»Hallo …?«

»Ja … Entschuldigung … ich bin noch dran.«

»Gut«, sagte Dietz, »ich muss hier noch einiges an meinem Schreibtisch wegarbeiten, aber ich könnte Sie am späten Nachmittag abholen. Wären Sie zu Hause?«

»Ja... das heißt nein. Ich bin heute Nachmittag in der Schule, um mit dem Direktor zu sprechen. Ich werde mich für einige Zeit vertreten lassen. Aber wenn Sie möchten, können wir uns dort treffen – so gegen fünf?«

»Um fünf am Gymnasium. Ich komme hin.«

Als Anna Stadler sechs Stunden später in den Defender einstieg, hatte Leo plötzlich Bedenken, womöglich etwas zu viel Rasierwasser benutzt zu haben und kurbelte schnell das Fahrerfenster herunter. Dann gab er sich alle Mühe, sein *Hallo* nicht zu fröhlich klingen zu lassen; und das nicht einfach nur aus dem gewöhnlichen Respekt heraus, den man Trauernden zu zollen pflegt, sondern bestimmt durch ein wahrhaftiges *Beileiden*, das er jedes Mal verspürte, wenn er in die Nähe dieser Frau kam, die ihm, was er sich nicht gerne eingestehen wollte, immer mehr gefiel.

Etwas außerhalb der Stadt, westwärts, Richtung Riedenburg, stellte er den Wagen auf einem kleinen Parkplatz am Kanal ab. Ein Fischer, der gerade im Begriff war, sich am Ufer mit Gartenstuhl und Felldecke für mehrere Stunden einzurichten, bedachte sie mit mürrischen, Konkurrenz witternden Blicken. Die untergehende Sonne zauberte ein violettes Dampffarbenspiel auf das Wasser, was einen Kormoran so verschreckte, dass er sich immer wieder, spitze Klageschreie ausstoßend, in die sich scheinbar selbst tragende Lichtflut warf, nur um gleich darauf wieder in den Abendhimmel zu flüchten.

Sie schlenderten den Kanal entlang, von dem argwöhnischen Fischer jetzt sicherlich für ein Liebespaar gehalten, und sogen tief die kalte Novemberluft ein. Dietz wusste nicht so recht, wie er anfangen sollte. Er gestand sich ein, dass er diesen Spaziergang schön fand und wollte wenigstens noch einige wenige Augenblicke hinauszögern, was er Anna Stadler zu sagen hatte. Da blieb sie plötzlich stehen und sah ihn unverwandt an.

»Was?«, fragte sie.

»Wie meinen Sie das?«

»Was ist es, das Sie mir nicht am Telefon – sondern nur im Halbdunkel am Kanal sagen können?«

Dietz überlegte, ob dieses leichte Zittern in ihrer Stimme ein Zeichen von Belustigung oder doch eher Zorn war.

»Hören Sie, ich sehe doch, dass Sie mir irgendetwas beibringen möchten und nicht wissen, wie Sie es anstellen sollen. Meine Schwester wurde ermordet.«

Nun schrie sie Leo fast an.

»Irgend so ein Dreckskerl hat sie auf dem Gewissen, und Sie haben Angst, Sie könnten mich noch mehr verletzen?«

»Okay.« Er fuhr sich mit beiden Händen durch die Haare. »Ihre Schwester wurde … sie – nein er … also gut: Er wollte, dass wir sie finden.«

»Was?«

»Er, also der Täter, hat Michaela für uns … platziert … entschuldigen Sie den Ausdruck. Aber das ist noch nicht alles. Sehen Sie mal.«

Damit griff er in seine Innenbrusttasche und zog den Schlüsselbund mit dem silbernen Herzanhänger heraus.

»Schauen Sie sich den Haargummi an: Er wurde, vermutlich um ihn nicht zu verlieren, um den Schlüsselbund gewickelt.«

Anna Stadler sah ihn ratlos an.

»Ja, und? Das mache ich auch so, das ist doch nichts Besonderes.«

»Doch, das ist es.«, warf Dietz ein.

»Würden Sie mit Ihren langen, offenen Locken in dreißig Meter Höhe an einem Seil klettern, wenn Sie einen Haargummi für einen Pferdeschwanz dabei hätten?«

In Anna Stadlers Gesicht schien sich etwas aufzuklären.

»Dann meinen Sie …«

»Genau. Sie ist gar nicht geklettert. Wahrscheinlich hatte sie es vor. Aber dann muss sie sich aus irgendeinem Grund eines anderen besonnen und ihr Haar wieder geöffnet haben.«

»Mein Gott – sie hat ihn gekannt. Ist es das? Hat meine Schwester ihren Mörder gekannt?«

»Ich denke ja, Frau Stadler. Aber auch das ist noch nicht alles. Ich habe Ihnen gesagt, er wollte, dass wir sie finden, und dazu hat er sie … hergerichtet.«

»Hergerichtet?«

»Ja. Es tut mir Leid, aber ich kann Ihnen da etwas nicht ersparen. Es ist mir schon aufgefallen, als ich ihre Schwester am Samstag gesehen habe. Es war mir nur nicht gleich bewusst. Der Mörder hat sie mit einem Kletterseil stranguliert. Heute Morgen hat mir das der Pathologe am Telefon bestätigt. Aber ihre Augen waren geschlossen und ihre … ihre Zunge war im Mund. Er hat sie also wie zu einer Bestattung *hergerichtet*. Aus welchen Gründen auch immer schien er zu wollen, dass sie aussehe, als schliefe sie nur.«

»Schlafen …«, murmelte Anna Stadler, »schlafen im Fluss, im Wasser … schlafen in einem Plastiksack …«

Sie schluchzte leise, wie aus Scham, und bemühte sich, ihren Blick nicht vom immer noch in violetten Dunst gehüllten Kanal zu wenden und Dietz anzusehen. So gingen sie noch eine Weile wortlos nebeneinander her, bis sie wieder zum Wagen kamen. Erst als Anna die Hand hob, um die Beifahrertür des Defenders zu öffnen, schaute sie auf und wurde sich bewusst, dass sie den ganzen Weg zurück die Hand des Kommissars gehalten hatte.

Wortlos fuhren sie nach Staubing. Anna Stadler sah die ganze Fahrt hindurch aus dem Fenster und Leo suchte krampfhaft nach einem Gesprächsanfang, doch die Stille, die von seiner Beifahrerin ausging, war so erdrückend, dass wohl jedes Wort, das er über die Lippen gebracht hätte, wieder ein Stückchen von etwas zertrümmert hätte, was er nicht mehr verlieren wollte. Am liebsten hätte er sie zum Essen eingeladen, nach Regensburg, in die Spaghetteria, oder nur auf einen Kaffee oder ein Glas Wein, aber er hatte Angst, sie würde das als Respektlosigkeit vor ihrer Trauer deuten, ihm die Tür vor die Nase knallen und nichts mehr mit ihm zu tun haben wollen. Also trug er ihr noch die große Tchibotüte mit den Sachen ihrer Schwester bis zur Haustür und murmelte ein *Gute Nacht*, das bestimmt hätte klingen sollen, aber umso verlegener herauskam. Als er sich umdrehte, hielt sie ihn am Unterarm fest.

»Herr Dietz«, sagte sie, immer noch die Hand auf seinem Unterarm, »danke.«

Diesen Abend verbrachte Leo – leider – in Regensburg.

Nachdem Hans ihm die große Füllung am Sechser links oben erneuert hatte und ihm mit dem Rosenbohrer fast bis ins Gehirn raufgefahren war, hatte Leo sich für eine Runde Squash mit anschließender Kneipentour breitschlagen lassen. Nach einer Pizza Arrabiata, die ihm beim Beißen höllische Schmerzen bereitet hatte, einigen Pils und drei ekelhaften Ramazottis, schlenderten sie durch die Gassen der Regensburger Altstadt in Richtung Paletti, ihrer alten

Stammbar. Tatsächlich fanden sie, was für die Uhrzeit mehr als ungewöhnlich war, noch einen freien Stehtisch, den sie aber schon bald mit zwei Nachtfaltern teilten, die natürlich ganz zufällig heute Abend auch hier waren – Hans war ein miserabler Schauspieler.

Die Dunkelhaarige, die einen erschreckend scharf gezogenen, schwarzen Pony trug und deren endlose Beine in hohen Wildlederstiefeln steckten, hing schon recht bald an Hans' Arm und Hals.

Natürlich war die Andere, eine kleine, blond gelockte Frau mit leuchtenden braunen Augen und strahlenden, weißen Zähnen, nicht für ihn gedacht, flüsterte Hans Leo ins Ohr. Was denke er denn von ihm. Die Dunkelhaarige kicherte in Hans' Ellbogen hinein. Beatrice hieß die Blonde. Sie komme aus Thüringen und studiere hier in Regensburg Betriebswirtschaft. Sie habe Leo schon öfter im Paletti gesehen, sich aber nie getraut, ihn anzusprechen. Leos Zahn schmerzte unerträglich und er bestellte sich einen Tequila nach dem anderen. Mit der Zeit kamen auch Hans und die Damen auf den Geschmack und bald löste sich das Paletti in Traumfetzen auf. Schwere, von Teelichten schwach erleuchtete Rauchschwaden waren durchsetzt von wankenden Gestalten, häufigen Toilettenbesuchen und dem schrillen Gelächter der Frau mit dem schwarzen Pony. Dann hoben und senkten sich die schmalen Gassen am Domplatz, Leo roch immer wieder Beatrices süßes Parfüm, jemand pöbelte ihn an, ihm war schlecht, sehr schlecht. Die ganze Stadt entfremdete sich ihm, drückte mit beklemmender Schwere auf seinen prallen Magen, bis er sich an irgendeiner ihm unbekannten Ecke, beobachtet von Fremden, entleerte. Jemand – war es die blonde Beatrice – brachte ihn durch diese fremde Stadt in eine Wohnung, die nur wage der seinen glich, wo er, wie ein Embryo in seiner

Öljacke zusammengerollt, in einen tiefen, vergessen machenden Schlaf fiel.

4.

Der Schneeregen umpeitschte die Menschentraube, die man im Vorübergehen durchaus für eine Beerdigungsgesellschaft hätte nehmen können, mit so schneidender Kälte, dass sich jeder Einzelne fühlte, als würde seine Anwesenheit am Affeckinger Friedhof missbilligt und eine geheime Macht – etwa die Toten selbst – strafe ihn dafür, was hier geschah. Dieser Eindruck verstärkte sich umso mehr, als der Schneeregen in dicke Flocken überging und binnen einer Viertelstunde ein dicker, kalter Mantel die Gräber bedeckte. Nur die Grabsteine und Kreuze behaupteten sich noch gegen das allgemeine Verschwinden und erhoben sich mit ihren weißen Häuptern trotzig gegen den undurchdringlichen Winterhimmel.

Dietz rieb mit den Innenseiten seines aufgestellten Kragens an den Ohren und zog die viel zu kurze Wollmütze tiefer in die Stirn. Die Männer mit den Schaufeln trugen nur Blaumänner, einer von ihnen hatte einen dicken Pullover darunter, aber keiner der drei hatte Handschuhe. Einem von ihnen – er war wohl der Chef der zwei anderen und er hatte es auch sofort eingesehen und seinen Kollegen erklärt, dass der Kommissar aus Regensburg nicht wollte, dass sie den Schaufelbagger benutzten – tropfte unaufhörlich die Nase. Plötzlich warf er seine Schaufel zur Seite und rief

»Hörts auf! Da is was!«

Dietz trat näher heran, wobei er den Stadtrat und Josepha Kramer mit einem entschuldigenden, gemurmelten Etwas zur Seite schob. Er nahm den weggeworfenen Spaten und schabte an der Stelle weiter, wo der Arbeiter zu graben aufgehört hatte. Die zwei anderen Arbeiter taten es ihm gleich. Nach vielleicht zwei Minuten sah Dietz aus den

Augenwinkeln, wie sich die Kramerin und der Pfarrer gleichzeitig bekreuzigten. Unter ihm lag in etwa einem Meter Tiefe ein blauer Plastiksack, dessen Form keinen Zweifel an der Tatsache bestehen ließ, dass darin ein menschlicher Körper lag.

Am Kopfende war der Sack mit einem dünnen, schwarzen Kabel zugebunden. Dietz begann, den mehrfachen Knoten zu entwirren, was sich angesichts der Kälte und seiner dicken Handschuhe, die er wegen der Spuren nicht ablegen wollte, ziemlich schwierig gestaltete. Der Stadtrat hüstelte vor sich hin und versuchte, mit der wedelnden Hand die Flocken zu vertreiben, die auf seiner kantigen Nase tanzten. Der Pfarrer und die Kramerin waren längst ans Grab herangetreten und die Arbeiter rauchten im oberen Teil des Friedhofs eine Zigarette; einer, der Mann mit der tropfenden Nase, schmauchte eine Pfeife.

Als Dietz den Sack öffnete, lugte ein weißer Haarschopf heraus. Er zog den Sack weiter auf und sah ein altes, aufgedunsenes Gesicht mit riesigen Poren oder Pockennarben, buschigen Augenbrauen und einer knolligen Nase.

»Mein Gott, der Fonsi!«, entfuhr es Josepha Kramer.

»Ja, Sie ham Recht, Frau Kramer.«, schloss sich der Pfarrer an. »Das ist doch der Alfons Schabmeier.«

»Schabmüller.«, korrigierte die Kramerin. »Wissen S', Herr Kommissar, der hat in der kleinen Hütt'n Richtung Ihrlerstein rauf gewohnt; da, wo früher diese Disco war.«

Dietz kannte das kleine Häuschen, das sich unweit vom *Apple* an den alpenländisch anmutenden Wiesenhang schmiegte. Als das *Apple* noch auf hatte, war Leo, so wie wohl jeder junge Mensch aus der Kelheimer Umgebung, jeden Mittwochabend dort gewesen. Da wurden die alten Foreigner-Scheiben, U2 und Lynrd Skynrd aufgelegt. Freitag- oder samstagabends verirrten sich jedoch höchstens ein paar Auswärtige in die Disco, denn da legte ein anderer Discjockey auf, und der zog Modern Talking und Milli Vanilli vor.

Dietz rief die Kollegen von der Spurensicherung an und fragte im Kelheimer Krankenhaus nach Doktor Haas, der tatsächlich im Haus war, und versprach, sofort mit einer Thermoskanne Tee *herunterzukommen*, wie er es formulierte. Dann bedankte sich Leo bei den Arbeitern, sie würden jetzt nicht mehr gebraucht, und schickte auch den Pfarrer, Frau Kramer und den protestierenden Stadtrat nach Hause, versicherte aber allen dreien, sie noch heute oder morgen sprechen zu wollen – wobei er von dem Stadtrat eigentlich gar nichts wissen wollte, aber im Moment keinen anderen Ausweg wusste, ihn loszuwerden.

Es kam ihm reichlich skurril vor, als er so allein im Schneegestöber über dem Toten stand und ihm die mittlerweile einige Zentimeter dicke Schneeschicht vom Gesicht wischte. Allmählich ließ der Schnee jedoch nach und die ganze, gewaltige Front folgte der Donau gen Osten.

Dietz lehnte sich an die uferseitige Friedhofsmauer, von wo aus er alles am besten überblicken konnte. Er hoffte, dass er keine Friedhofsbesucher oder gar Schaulustige verscheuchen musste. Neben dem Friedhof lag eine Brauerei. Dietz konnte von seinem Standpunkt aus in den Innenhof sehen, wo jemand mit einem Gabelstapler Leergut von einer Seite auf die andere brachte. Der Mann war so groß, dass sich der Gabelstapler unter ihm wie ein Spielzeug ausnahm. Er trug fast die gleiche Wollmütze wie Leo und hatte eine Zigarette im Mundwinkel. Leo hatte das Gefühl, den Mann seiner Statur wegen zu kennen. Er ging, im Schutz der hohen Grabsteine, bis an das Mauereck, hinter dem das Brauereigelände begann, und wartete darauf, dass der Mann den Gabelstapler wendete, so dass er sein Gesicht sehen konnte. Auf einmal stellte der Arbeiter die Maschine ab, drehte sich auf dem Fahrersitz und sah geradewegs zu der Stelle herüber, von der Leo hinter einen hohen, schwarzen Obelisken gehuscht war. Der Mann stieg ab und ging an die Friedhofsmauer heran. Dann zündete er sich eine weitere Zigarette an und fegte mit einer Hand den Schnee von den Nonnen-Mönch-Ziegeln. In dem Moment fuhren vor der Friedhofspforte mehrere Autos vor, woraufhin sich der Mann abwendete. Er ging über den Hof und öffnete ein Eisentor, das wahrscheinlich in ein Lager führte. Dietz erhob sich vorsichtig. Er konnte in der Halle ein Motorrad stehen sehen. Es war seine alte Enduro, beziehungsweise das gleiche Modell, das auch Daniel Schneider, der Verlobte der ermordeten Michaela Stadler, fuhr.

»Wieso müssen Sie sich immer so ein Sauwetter raussuchen?«, rief der Pathologe, der, mit einer riesigen Thermoskanne winkend, einem Tross von Polizisten voraus lief, von denen einige weiße Kapuzenoveralls trugen. Doktor Haas trug dieselbe rote Strickmütze wie im Donaudurchbruch, sein Bart war perfekt gestutzt. Er schraubte den Deckel der Thermoskanne ab und füllte ihn mit einer dampfenden Flüssigkeit, die seine Brille beschlagen ließ. Dietz nahm den Becher, den ihm der Doktor zwinkernd vor die Brust hielt, dankend an und tat einen kräftigen Schluck, dem ein noch kräftigerer Hustenanfall folgte. Haas schlug ihm mit der flachen Hand auf den Rücken.

»Es geht doch nichts über einen guten, alten Single Malt.«, lachte er. »So, was haben Sie denn heute für mich? Oh nein, sagen Sie nicht, schon wieder ein blauer Plastiksack, Mann. Ach, übrigens – hier ist noch ein Nachtrag zum Autopsiebericht der Toten aus dem Donaudurchbruch. Jemand hatte die Werte verschlampt; gestern habe ich sie wieder gefunden.«

Er reichte Dietz einen braunen Umschlag. Darin war ein Formular, das noch einmal Michaela Stadlers Daten und die Angaben zur Todesursache aufführte. Im unteren, linken Eck war eine mit orangem Textmarker umrandete Notiz: *Pankreaskarzinom*.

»Krebs?«, fragte Dietz.

»Bauchspeicheldrüsenkrebs, genauer gesagt.«, erwiderte der Pathologe. Mit einem Mal schien seine gute Laune wie weggeblasen zu sein, sein Gesicht verhärtete sich.

»Das junge Ding hätte auch ohne Mord wohl nicht mehr lange zu leben gehabt.« Er putzte seine Brille.

»Wie lange?«, fragte Dietz.

Doktor Haas verzog die zusammengepressten Lippen, als würde er einen bitteren Geschmack kosten.

»Drei, vier, vielleicht fünf Jahre. Sicher nicht mehr.«

»Denken Sie, sie wusste davon?«

»Muss sie nicht unbedingt. Die Symptomatik ist mehr als gering. Selbst im fortgeschrittenen Stadium kann ein Pankreaskarzinom schmerzfrei sein. Außerdem hat die Bauchspeicheldrüse so eine verflucht versteckte Lage, dass man nur sehr schwer etwas erkennen kann. Aber das können Sie ja leicht über ihren Hausarzt und etwaige Überweisungen feststellen. So, dann wollen wir mal.«

Damit drückte er Leo die Thermoskanne in die Hand und klopfte ihm noch einmal aufmunternd auf die Schulter.

Am selben Abend saß Leo wieder an dem ovalen Buchentisch in der Bauernstube von Familie Stadler. Er hatte, wie Anna und der alte Stadler, ein Weißbier und einen

Obstler vor sich stehen. Anna stellte das benutzte Geschirr und die Schüssel mit dem restlichen Wurstsalat hinüber ins Spülbecken. Dann ging sie hinaus, um etwas zu holen.

Stadler fuhr mit dem Finger über den Rand seines Schnapsglases.

»Dann hat es also noch einen Toten gegeben.«, sagte er, ohne aufzusehen.

Gerne hätte Dietz diese Information noch geheim gehalten. Aber die Nachricht hatte sich in Kelheim wie ein Lauffeuer verbreitet – nicht zuletzt aufgrund eines Interviews, das ein gewisser Stadtrat beim lokalen Radiosender gegeben hatte. Es war also völlig zwecklos, irgendetwas zu leugnen. Er nickte.

Leo war froh, als die Tür aufging und Anna mit einer kleinen Holzschachtel wiederkam.

»Das ist der Schmuck meiner Schwester, Herr Dietz.«, sagte sie. »Aber sehen Sie: Der Ring hier fehlt.«

Sie zeigte ihm ein Foto, auf dem Michaela Stadler und Daniel Schneider dem Fotografen ihre Sektgläser präsentierten.

»Das war die Verlobungsfeier von Daniel und Michaela.«, fügte sie hinzu. »Sehen Sie den Türkisring? Den hat er ihr geschenkt. Er war ihr ein wenig zu groß. Deshalb trug sie«, sie griff in die Holzschachtel und zog den silbernen Ring heraus, den Leo schon kannte, »diesen immer darüber. Sie kann doch nicht den unteren Ring verloren haben und den oberen nicht.«

Leo sah sich das Foto genauer an.

»Könnte sie ihn nicht zu Hause gelassen haben, ich meine, um ihn nicht zu verlieren? Haben Sie schon im Haus danach gesucht?«

Anna Stadler schüttelte den Kopf.

»Wieso hätte sie dann den Silberring, den sie von unserer Mutter geerbt hat und der – nichts gegen Daniels Verlobungsgeschenk – viel mehr wert ist, mitgenommen? Nein, Herr Dietz. Sagen Sie, was Sie wollen, ihr Mörder hat ihr den Ring abgenommen.«

Leo verspürte ein säuerliches Brennen in der Speiseröhre. Gerne hätte er jetzt den Obstler getrunken, er wollte aber nicht den Anschein erwecken, als hielte er das Gespräch für eine Wirtshausplauderei, bei der man jede noch so gelallte Binsenweisheit begießen müsse.

Als ob Stadler seine Gedanken gelesen hätte, hob er, nachdem die Worte seiner Tochter unbeantwortet im Raum hängen geblieben waren, sein Schnapsglas und leerte es in einem Zug. Leo tat es ihm nach. Der Zwetschgengeist brannte in seinen Eingeweiden und er versuchte sich den Weg vorzustellen, den er über seine Speiseröhre in den Magen hinab nahm.

»Wussten Sie, dass Ihre Tochter krank war, Herr Stadler?«

Stadler wollte nachschenken, aber Leo wehrte ab und Annas Glas stand unberührt voll vor ihr. Also füllte er nur das seine.

»Krank? Nein. Wie kommen S' denn darauf? Hast du was gewusst, Anna?«

»Nein. Mir hat sie auch nichts gesagt. Obwohl ich schon mitbekommen habe, dass Michaela in letzter Zeit öfter beim Arzt war. Routineuntersuchungen, hat sie zu mir gesagt. Was soll das denn gewesen sein, Herr Dietz?«

Jetzt hätte Leo doch lieber einen weiteren Obstler gehabt.

»Michaela hatte – Bauchspeicheldrüsenkrebs. Heute habe ich den Nachtrag zum Autopsiebericht bekommen.«

Annas Augen füllten sich mit Tränen. Ihr Vater ließ das Glas vor seinen Lippen wieder sinken und stellte es so sanft auf den Tisch, als dürfte um nichts in der Welt auch nur ein winziges Tröpfchen verschüttet werden.

»Nehmen S' mir jetzt meine Tochter zum zweiten Mal?«, fragte er mit heiserer, bebender Stimme. Doch gleich darauf hob er beschwichtigend die sehnige Hand und entschuldigte sich bei Dietz.

»Tut mir Leid. Tut mir Leid. Das hab' ich nicht so gemeint.«

Er wischte sich mit dem Handrücken über das Gesicht, und Leo fielen wieder seine leuchtend blauen Augen auf.

»Ihre Tochter«, Leo überging, was Stadler gesagt hatte, »hätte vermutlich nur noch ein paar Jahre gelebt.«

Annas Stirn legte sich in Falten; dazu zog sie einen Mundwinkel nach oben, als ob sie auf eine Zitrone gebissen hätte, was ihrem hübschen Gesicht eine seltsame Asymmetrie verlieh.

»Ironischer kann das Leben wohl nicht mehr sein. Ich frage mich, ob der Mörder, wenn er gewusst hätte, dass Michaela so krank war, von ihr abgelassen hätte, weil sie für ihn als *Jagdbeute* wertlos gewesen wäre. Ich meine, vielleicht hätte er dadurch irgendwie die Lust am Töten verloren.«

Abwegig fand Leo diesen Gedanken nicht, der jedoch nur in der Theorie Bestand haben konnte. Denn Michaela Stadler hätte ihrem Mörder, wer immer es auch war, kaum von ihrem Karzinom erzählt – zumal sie selbst aller Wahrscheinlichkeit nach gar nichts davon gewusst haben konnte.

Stadler jedoch stand mit einer abwinkenden Handbewegung auf und griff nach den Weizengläsern, woraufhin Leo sich kurz entschuldigte, zum Defender hinauslief und im Kofferraum herumkramte. Nach ein paar Minuten trat er wieder in die Diele und legte einen Daunenanorak, eine Leuchtweste, ein paar Teleskopstöcke und eine Taschenlampe auf die Kommode neben der Stubentür. Zum Autofahren hatte er ohnehin schon zu viel intus und eine nächtliche Wanderung nach Ihrlerstein erschien ihm genau das Richtige, um seine Gedanken zu ordnen und über den Fall nachzugrübeln. Er öffnete die Tür und wäre um ein Haar mit Anna Stadler zusammengestoßen, die sich lächelnd eine Strähne hinter den Brillenbügel schob.

5.

Die Beamten konnten den Handbohrer mit den Spezialschlüsseln und den Schlägel für besonders robuste Türen im Fahrzeug lassen. Die Eingangstür des kleinen Häuschens, das eher wie ein Geräteschuppen als ein Wohnhaus aussah, ließ sich ohne weiteres öffnen. Es genügte, die Tür an der Klinke anzuheben, um die Hebefalle samt Nachtschieber aus dem vorsintflutlichen Schloss zu hieven. Ein Kollege von der Spurensicherung schob eines der Holzscheite, die zu beiden Seiten der Tür aufgeschlichtet waren, unter die Tür, deren Ritzen so breit waren, dass der Postbote Briefe, falls Alfons Schabmüller je welche bekommen hatte, mit Leichtigkeit hätte hindurchstecken können. Es gab keinen Gang oder Diele. Wer den verwahrlosten Eingang betrat, fand sich gleich in einem Wohnraum wieder, der diese Bezeichnung kaum verdiente. Grobe Möbel, von denen grünlicher Lack blätterte, standen um einen kleinen Tisch mit einer zerrissenen Wachstischdecke. Die verschossene Tapete – irgendwann hatte sie wohl ein gelbes Blumenmuster gehabt – hing an vielen Stellen herunter oder war vom Boden her fetzenweise abgerissen. Eine Bahn war von oben heruntergerollt und wurde vom gänzlichen Fall nur durch ein Kruzifix aufgehalten, das wiederum auf einer Wanduhr mit zerschlagenem Glas und nur einem Zeiger stand. In all diesem Elend stach den Beamten der gelbe Bierkasten geradezu in die Augen, der sich auf dem schmutzigen Holzboden wie ein Designermöbel oder ein Hightech-Gerät ausnahm. Die meisten Bügelflaschen waren leer, zwei fehlten. Neben dem Wohnraum lag noch ein Zimmer, vermutlich das Schlafzimmer. Einer der Polizisten führte den Finger zu den Lippen und bedeutete Leo Dietz, der als letzter hereingekommen war, dass er etwas aus dem

Raum gehört habe. Alle verharrten, zwei Polizisten öffneten den Halfterverschluss ihrer Pistolen. Hinter der Tür war ein leises Winseln zu hören, und der Polizist, der das Geräusch zuerst gehört hatte, rümpfte angeekelt die Nase.

»Oh Scheiße!«, rief er und meinte damit den doppelten Sinn des Wortes. Dietz ging an ihm vorbei und öffnete langsam die Tür. Auf einer Art Campingliege kauerte ein zitternder Schäferhund. Er sah abwechselnd zu Dietz auf und vom Bett hinunter zu einem Haufen Hundekot, neben dem eine halbleere Bügelflasche stand, eine volle war umgefallen und unter die Pritsche gerollt. Dietz streckte vorsichtig die Hand aus, der Hund duckte den Kopf und legte die Schnauze auf die Pfoten.

Leo näherte sich um einen weiteren Schritt und achtete darauf, seine Hand ruhig zu halten. Kurz knurrte der Hund, beschnupperte die Finger und rieb schließlich seinen Kopf daran. Sogleich wollte einer der Polizisten nach dem Hund greifen, um ihn aus dem Zimmer zu führen, jedoch sprang er gleich wieder zurück, als ihm spitze, weiß glänzende Zähne entgegenfletschten. Dietz ordnete an, den Bierkasten und alle Flaschen ins Labor nach Regensburg zu bringen. Dann kroch er unter die Campingliege und holte die darunter liegende Flasche hervor. Er wollte sie selbst auf dem Weg ins Präsidium Doktor Haas zur Analyse bringen.

»Gut.«, sagte er zu einem der Beamten von der Spurensicherung. »Ich denke, Sie kommen hier ohne mich zurecht: das Übliche, Sie wissen ja Bescheid. Ach, und sehen Sie bitte, was Sie an Dokumenten, Notizen und Ähnlichem finden, wie immer eben.«

Damit tätschelte er dem Hund die Seite, packte ihn sacht aber bestimmt an seinem breiten Kettenhalsband und zog ihn mit sich hinaus.

Julia Jahn hackte mit ihren langen, makellosen Fingernägeln auf der Tastatur ihres Laptops herum; ihr Anschlag war so hart und treffsicher, dass fast alle Tasten, vor allem natürlich die Entertaste, so tiefe Einkerbungen hatten, dass die obere Plastikschicht aufgeplatzt und teilweise schon gänzlich verschwunden war. Den Laptop trug sie fast immer und überall mit sich. Einmal hatte sie sich mit Leo an einem kleinen Baggersee getroffen, wo die meisten Leute nackt zu baden pflegten. Leo hatte sich halb krankgelacht, als sie sich, jedes Mal, wenn jemand an ihnen vorbeiging, hinter dem kleinen Rechner zu verstecken suchte; und das, obwohl sie beide Bikini und Badehose trugen. Aber allein der Gedanke, dass Polizeipsychologin Doktor Jahn, die ihre Promotion an der Bayerischen Eliteakademie mit *summa cum laude* gemacht hatte, am berüchtigten Almer Weiher gesehen werden könnte, schien ihr die kurzen, blonden Meg Ryan-Haare zu Berge stehen zu lassen.

Als Leo die Bürotür aufstieß – er machte es nicht allzu vorsichtig, denn es war ja schließlich sein eigenes Büro – und der Schäferhund an ihm vorbei hinein- und auf sie zustürzte, machte sie mit einem spitzen Schrei einen Satz nach hinten und zog den Lehnstuhl zwischen sich und den Hund, der sich seinerseits mit eingezogenem Schwanz hinter Leo versteckte.

»Ich ... äh ... ich habe auf dich gewartet. Wir hatten einen Termin.«

Schon war das dunkelblaue Nadelstreifenkostüm wieder zurechtgerückt und die Frisur mit einer flüchtigen Handbewegung kontrolliert.

»Oh Mist!«, entfuhr es Dietz.

»Tut mir Leid, Julia. Das hab' ich mal wieder total verschwitzt. Aber ich mach's wieder gut. Versprochen!«

Dann ging er in die Hocke und kraulte seinem Begleiter den Hinterkopf.

»Das ist ...«, er zog für einen Augenblick die Brauen zusammen, »das ist ... ich weiß gar nicht, wie er heißt. Sein Herrchen war das Opfer, von dem ich dir am Telefon erzählt habe. Es gibt keine Angehörigen und ich wollte ihn nicht ins Tierheim bringen – abgesehen davon, dass ich gar nicht einmal weiß, wo eins ist. Also habe ich auf dem Weg hierher den Kühlschrank meiner Mutter geplündert, und seitdem sind wir die besten Freunde, glaube ich.«

Wie zur Bestätigung drückte der Hund ihm die Schnauze in die Seite.

Julia verließ ihre Barrikade und kraulte das Tier an der Brust, wobei Leo sich wunderte, dass sie sich gar nicht um ihren Designer-Blazer kümmerte, der binnen kurzem von Hundehaaren übersät war.

»Hast du was für mich?«, fragte Leo, als sie ein wenig später in einem Café in der Innenstadt saßen, Cappuccino tranken und sich die Hosenbeine mit Wasser bespritzen ließen, da ihr vierbeiniger Begleiter in seiner Schüssel mehr badete als er daraus trank.

»Dürftig.«, erwiderte die Psychologin. »Sehr dürftig sogar. So wie es aussieht, lässt sich der Täter nicht so richtig mit den herkömmlichen Schemata fassen; das heißt insofern wiederum schon, als dass er sich eben bewusst nicht einordnen lassen will, wenn du verstehst, was ich meine.«

»Nö.«, gab Leo als ehrliche Antwort zurück.

»Gut, ich erklär's dir.«, begann Doktor Jahn von neuem.

»Ich denke, nach allem, was ich gelesen habe, der Täter spielt uns verschiedene Profile vor und will sehen, wie die Polizei reagiert, also welche Spur sie verfolgt. Dadurch hat er eine bestimmte Machtposition inne, was ihn natürlich befriedigt – für eine gewisse Zeit zumindest.«

»Und dann macht er weiter.«, ergänzte Dietz. »Mit einem weiteren Versteckspiel. Ich frage mich, ob er vielleicht in seinem tiefsten Innern gefasst werden *will.*«

Doktor Jahn steckte sich eine Zigarette in den Mund, was Leo irgendwie störte, denn er fand, dass Rauchen nicht zu ihr passte. Sie war einfach kein Rauchertyp. Wahrscheinlich machte sie es nur, um ihre Hände beschäftigen zu können, wenn sie ihren Laptop einmal nicht dabei hatte. Tatsächlich hatte sie ihn in Leos Büro vergessen – eine Premiere.

Sie zog die Augenbrauen hoch und machte einen Gesichtsausdruck, der verblüfft wirken sollte. Dann sagte sie, als erinnere sie ihr Gegenüber daran, dass die Erde rund sei, diese Stadt Regensburg heiße und Cappuccino aus Italien komme

»Natürlich will er das. Jeder Täter will entdeckt, manche sogar gestoppt werden – was absolut nicht das Gleiche ist. Es ist ähnlich wie beim Suizid: Die meisten Leute hoffen, dass sie noch irgendjemand am Kragen packt und zurückzieht, bevor sie sich vom Brückengeländer fallen lassen. Denn ihr Instinkt, der sich dann auf einer Metaebene in Moral äußert, weiß, dass ihr Handeln falsch ist, auch wenn sie sich dessen selbst gar nicht bewusst sind.«

»Und dann unterlaufen ihnen Fehler, die wir als Unachtsamkeit interpretieren, die aber in Wahrheit so etwas wie Warnsignale sind.«, hakte Leo ein.

»Nenn es lieber Hilferufe an ihr Umfeld, Leo.«

Der Ober trat an den Tisch, ein junger Mann von vielleicht zwanzig oder einundzwanzig Jahren, mit nach hinten gegelten Locken und einem aufgesetzten italienischen Akzent. Leo bestellte sich Tiramisu und Julia Jahn gönnte sich ausnahmsweise eine Mokkaschnitte, bedauerte jedoch drei Sekunden später ihre Entscheidung, da sie noch keinen Plan hatte, wie sie mit dem klebrigen Mokka um den Mund herum fertig werden sollte, ohne ihr Make-up zu ruinieren.

»Was hältst du von den blauen Plastiksäcken? Hatte er für die zweite Leiche noch zufällig einen übrig oder ist das sein Markenzeichen?«

»Schon möglich.«, sagte die Psychologin. »Aber sehr originell ist so ein Sack ja auch nicht gerade. Du bekommst die doch in jedem Baumarkt. Mir macht viel mehr ...«, sie unterbrach sich und ließ den gelockten Ober die Desserts servieren, »... Ich wollte sagen: Die Fundorte sagen weit mehr über ihn aus.«

Dietz nickte heftig und vergaß, dass er eine große Portion Tiramisu im Mund hatte.

»Das habe ich mir auch schon gedacht. Okay, er wollte, dass wir sie finden. Davon können wir sicher ausgehen.«

Nun nickte sie.

»Also ... eine Leiche in einem Gewässer zu versenken oder irgendwo zu vergraben, liegt nahe, wenn man will, dass man sie eben *nicht* findet. Er hätte sie einerseits *richtig* verschwinden lassen können und andererseits hätte er sie auch einfach nur irgendwo ablegen können, auf einem Parkplatz, im Wald, was weiß ich!«

Der Hund war mittlerweile damit beschäftigt, ein auf den Boden gefallenes Lifestylemagazin in Konfetti zu verwandeln.

»Ich kann mir einfach nicht erklären«, fuhr Leo – abermals mit vollem Mund – fort, »weshalb er das Risiko auf sich nimmt und sich solche häufig frequentierten Plätze heraussucht. Unterbewusstsein und Instinkt hin oder her. Der ist doch nicht bescheuert, oder?«

Doktor Jahns Gesichtsausdruck war sehr gelassen – vielleicht hatte sie inzwischen eine Lösung für ihr in Gefahr geratenes Make-up gefunden. »Womöglich bedeuten ihm die Orte etwas. Vielleicht solltest du einmal untersuchen, ob an der langen Wand oder auf dem Friedhof irgendwann mal irgendetwas vorgefallen ist, ein Unfall oder so.«

»Hm ... sei mir nicht böse, aber – zwei Unfälle? Ich weiß nicht so recht.«, entgegnete er.

»Ich denke eher, dass er den Orten eine außergewöhnliche Ästhetik, Spiritualität oder was immer beimisst.«

»Auch möglich. Aber bevor ich es vergesse: Du hast mir noch von dem verschwundenen Ring erzählt. Ich glaube nicht, dass es sich um eine Trophäe handelt. Trophäen deuten eigentlich auf Sexualdelikte hin. Aber das scheint hier ja nicht vorzuliegen. Wahrscheinlich ist es nur ein weiterer Zug in seinem Verwirrspiel. Fehlt bei der zweiten Leiche etwas?«

Dietz verzog den Mund.

»Da gibt es nicht viel, was fehlen könnte. Der Mann hat wie ein Einsiedler in der tiefsten Wildnis gelebt. Allerdings hat mir eine ältere Dame, die dabei war, als wir ihn gefunden haben, und die ihn gut kannte – sie war mal Messnerin in Affecking – gesagt, sie hätte ihn zuerst gar nicht erkannt, weil er Zeit seines Lebens eine schwarze Buchhalterbrille mit so dicken Gläsern getragen hatte, die ihm schon in jungen Jahren den Spitznamen *Froschkopf* eingetragen hatte. Und diese Brille haben wir bis jetzt noch nicht gefunden.«

Julia Jahn ließ ihre Kuchengabel wie eine Feder zwischen Daumen und Zeigefinger auf- und abwippen.

»Jede Wette: Das werdet ihr auch nicht.«

6.

Weihnachten kündigte sich wie im Bilderbuch an. Die Befreiungshalle trug eine mächtige Schneekrone und zu ihren Füßen tummelten sich Kinder mit ihren Schlitten, sogar einige Langläufer durchstreiften die gezuckerten Jurahänge. Es war seit langem der erste Dezember mit genügend Schnee für derlei schon beinahe in Vergessenheit geratene Wintervergnügen. Die Spaziergänger aber nahmen sich in Acht, da sich die Bäume, vor allem das Nadelgehölz, unter ihrer Schneelast bogen und sich so manch kleine Baumlawine in die hochgeschlagenen Mantelkrägen ergoss.

Die Altstadt war aufs Neue festlich geschmückt und der Glühwein an den hölzernen Ständen, die sich um die steinerne Statue Ludwigs des Kelheimers reihten, schmeckte in der frostigen, vom Duft heißer Maroni schwangeren Luft süßer und wärmender als je zuvor.

Leo hatte es gerade irgendwie geschafft, seinem Freund Hans eine Hüttenweihnacht *mit Begleitung* in Sterzing abzuschlagen, als Brigitte auf einmal einfiel, wohl aus vorweihnachtlicher Barmherzigkeit, ihn für die Feiertage zu sich und ihrem gesträhnten Werbefreund mit der bunten Brille und den schwarzen Rollkragenpullovern einzuladen.

»Wir sind doch erwachsen.«, hatte sie gesagt. »Und Olaf hat auch gemeint, dass er überhaupt kein Problem damit hätte …«

Leo dachte etwas zu laut »Naja, wenn Olaf das meint, dann muss es wohl okay sein.«

»Wie du das wieder sagst! Du hast ein völlig falsches Bild von ihm. Er ist nicht so, wie du denkst.«

Brigittes Stimme klang nicht verletzt; vielmehr schwang in ihr ein gewisser Unterton mit, den nachsichtige Pädagogen bisweilen anwenden, wenn Kinder die Sachlichkeit Erwachsener nicht verstehen wollen.

Das Einfachste wäre es wohl gewesen, Brigitte aufzutischen, dass er über die Feiertage mit Hans in die Berge führe – Hans hätte ihn sicher nicht verraten – aber Brigitte wusste, dass es für Erna Dietz den endgültigen Weltuntergang bedeutet hätte, wenn ihr einziger Sohn an Weihnachten nicht zu Hause wäre. Einmal, bevor er Kommissar wurde, musste Leo an Heiligabend Bereitschaftsdienst im Präsidium schieben und es dauerte Monate, bis ihm seine Mutter verzieh.

Da also keine Notlüge half, sagte Leo

»Lass es gut sein, Brigitte. Vielleicht ein anderes Mal. Außerdem würde ich mich schön bedanken, wenn ich unter dem Weihnachtsbaum den Ex meiner Freundin sitzen hätte, der nach dem zwölften Punsch *Blue Christmas* jodeln würde.«

Er legte den Hörer auf und hatte ein befreiendes Gefühl. Es war wie nach einer Kontrolluntersuchung, bei der keine Spur von Karies entdeckt wurde: Die Sprechstundenhilfe drückt einem noch eine rote Zahnbürste in die Hand und man verlässt wie neugeboren die Zahnarztpraxis.

In dieser Euphorie des seinem Schicksal knapp Entronnenen wählte er die Nummer von Anna Stadler.

Es gibt Tage, an denen einem alles gelingt und man nicht den geringsten Zweifel daran hegt, sein Ziel erreichen zu können. Paulo Coelho spricht bei der Erfüllung tiefster Wünsche sogar vom Zusammenwirken des gesamten Universums, wenn man nur beharrlich genug an ihre Verwirklichung glaubt. Leo wusste an jenem Tag, dass er das Universum auf seiner Seite hatte, denn Anna Stadler ging, was ihn nicht im Mindesten verwunderte, schon nach dem ersten Klingeln selbst ans Telefon. Leo stellte sich die Kommode mit dem Telefonapparat in der Diele vor, die jetzt eisig kalt sein musste, und malte sich aus, wie Anna Stadler beim Sprechen kleine Dunstwölkchen ausatmete und sich mit vom Frieren geröteten Fingern die dunklen Locken hinter die Brillenbügel schob.

»Ja, Stadler?«, meldete sie sich.

»Hallo, hier Leo Dietz.«

»Hallo.«

Für einen Augenblick zweifelte Leo daran, das gesamte Universum wirklich auf seiner Seite zu haben, doch dann sagte er »Ich wollte Sie fragen, wie es Ihnen geht und eigentlich, wenn Sie nichts Besseres vorhaben, würde ich Sie gerne auf einen Glühwein oder … äh … Kinderpunsch einladen. Wenn das nicht … ich meine … ich will nicht aufdringlich sein …«

Anna Stadler lachte herzlich, und es war das erste Mal, dass er sie so fröhlich hörte.

»Darf ich ehrlich zu Ihnen sein, Herr Dietz?«

Das Universum verschwand ein wenig.

»Sie sind so ziemlich der unaufdringlichste Mensch, den ich kenne.«, lachte sie weiter.

»Ich freue mich über die Einladung. Aber heute geht es leider nicht. Wie wäre es morgen oder am Samstag?«

»Ja, ich meine, Samstag wäre super. Morgen habe ich hier in Regensburg gewissermaßen Anwesenheitspflicht. Aber am Samstag bin ich sowieso in Kelheim. Haben Sie am Nachmittag Zeit?«

»Ja, Nachmittag ist gut. Sagen wir, so zwischen drei und vier am Christkindlmarkt?«

»Super. Das ist perfekt. Bis Samstag also.«

»Bis Samstag. Tschüß.« Sie legte auf.

Leo lehnte sich in seinem Bürostuhl zurück und sah, das Kinn auf der flachen Hand aufgestützt, zum Fenster hinaus, den letzten tanzenden Schneeflocken zu, die von der mittäglichen Wintersonne, wie zum Trost, mit goldenem Licht dafür bestrahlt und veredelt wurden, dass sie für diesen Tag die letzten ihrer Art sein sollten. Er nahm das Briefpapier, das eigentümlicherweise dieselbe Farbe wie die Flocken am Regensburger Himmel hatte, vom Tisch und betrachtete die blauen Kugelschreiberpunkte, mit denen er es während des Telefonats übersät hatte. Einige waren dicht gehäuft, wie Sternenstraßen, andere lagen weiter auseinander, zogen aber kleine Schweife hinter sich – man konnte sehen, dass sie sich sehr schnell durchs Universum bewegten.

Anna Stadler trug einen langen, anthrazitfarbenen, figurbetonten Wintermantel und hellgraue, weiche Lederstiefel mit flauschigem Futter. Leo hatte sich über seine schwarze Vliesjacke einen dunkelblauen Anorak geworfen, der so warm war, dass er ihn offen ließ.

An die Stände heranzukommen war kein Leichtes, denn die Leute drängten durch die Gassen und schoben sie vor sich her. Als sie an einem Stand vorbeikamen, von dem sich ein herrlicher Duft ausbreitete – nicht der von Gyros oder Currywurst, sondern Lavendel, Salbei und Rosmarin – zupfte Anna Stadler Leo am Ärmel und sie besahen sich ätherische Öle, Duftkerzen und Dinkelkissen. Anna hatte es besonders eine breite honigfarbene Kerze angetan, die angeblich, wenn man sie anzündete, nach Lebkuchengewürz duftete. Leo ließ es sich nicht nehmen, da er etwas dagegen tun wollte, der unaufdringlichste Mensch der Welt oder so ähnlich zu sein, sie ihr zu kaufen.

»Ich hab' Ihrer Frau schon g'sagt«, ereiferte sich die dünne, blondgeflochtene, in eine hellgrüne Filzdecke eingehüllte Schaustellerin, »den Docht brauchen S' net abschneid'n. Der rußt net.«

»Mmh.« Leo nahm lächelnd die weiße Plastiktüte entgegen und sah aus dem Augenwinkel, wie schwarze Locken aus roten Wangen geschoben und hinter die Brille gesteckt wurden.

Auf den Glühweinstand war natürlich ein Ansturm wie auf das *Apple* in seinen besten Zeiten. Leo stellte sich an, wobei ihm nicht entging, dass eine Gruppe Jugendlicher, die vorhin schon bei den Duftkerzen seine Begleiterin mit einem etwas zu überschwänglichen *Grüß Gott, Frau Stadler* gegrüßt hatten, unentwegt zu ihm herübersahen und miteinander tuschelten.

»Ihre Schüler?«, fragte er, als er die braunen, dampfenden Becher auf den Stehtisch stellte, an dem Anna Stadler neben einer vierköpfigen Familie auf ihn wartete.

»Ja. Das heißt nicht alle. Die zwei Jungs dort habe ich im Grundkurs Sozialkunde. Die anderen sind zwar auch alle aus der Kollegstufe, soweit ich sehen kann, aber nicht jeder ist bei mir.«

»Ich denke, sie reden über uns. Ist Ihnen das unangenehm?«

»Nein. Vielleicht haben sie vorhin an dem Kerzenstand mitgehört, als uns die Frau für ein Ehepaar gehalten hat. Außerdem schielen die Mädchen andauernd in Ihre Richtung. Sie gefallen Ihnen anscheinend.«

»Meinen Sie? Ich glaube eher, dass sie neugierig sind, mit was für einem Typ ihre Lehrerin hier *abhängt*.« Er imitierte mit ausgestreckten Fingern eine coole Rappergeste.

»Wissen Sie was«, lachte sie, »wenn wir zwei nun schon verheiratet sind: Ich bin Anna.«

Damit hob sie Leo ihren Becher entgegen, der mit seinem dagegen stieß.

»Leo. Ich bin Leo.«

Neben ihnen wurde ein Stehtisch frei und einer der Schüler, ein nicht sehr großer, dunkelhäutiger Junge mit langen, schwarzen Haaren und einem Metallicasticker auf dem Anorak, hechtete hin und besetzte den Platz für sich und seine Kameraden. Leo wusste schon, was dann kam. Nach zahlreichen *Prost, Frau Stadler, Haben S' schon einen Christbaum gekauft?* oder *Fahren S' weg über Weihnachten*? stieß ihm, während sie aufgeregt von ihrem bevorstehenden Snowboardurlaub erzählte, ein schlankes, bildhübsches Mädchen mit lila Haaren, das Leo um einen guten Kopf überragte, zweimal ihren Rucksack so heftig in die Seite, dass er sich den Glühwein über den Ärmel schüttete.

»Wenn Sie …«, auf Annas Blick hin verbesserte er sich schnell, »… wenn *du* einverstanden bist, gehen wir woanders hin. Ich möchte dir etwas zeigen.«

Leo parkte den Defender auf dem Stellplatz für die Pensionsgäste, da zurzeit niemand bei seinen Eltern wohnte. Er hatte noch nicht den Motor abgestellt, da wurden sie schon am Jägerzaun aus dem schneeverwehten Obstgarten begrüßt. Der Schäferhund von Alfons Schabmüller versuchte schwanzwedelnd, sich mit den Vorderbeinen am Zaun aufzustellen und fiel dabei immer wieder in den tiefen Schnee zurück.

»Hallo Hund.«, sagte Leo und streichelte ihm den wuscheligen Kopf.

»Hund?«, fragte Anna. »Heißt der so?«

»Nein. Eigentlich nicht. Er hat dem Mann gehört, den wir in Affecking gefunden haben. Und bis jetzt konnte mir niemand sagen, wie sein richtiger Name ist.«

Für einen Augenblick verfinsterte sich ihr Gesicht. Dann sagte sie

»Ist der süß!«, und streichelte ihn, was dem Tier scheinbar ungemein behagte.

»Nenn ihn doch Hector.«

»Hector?«

»Ja. Wir hatten einmal einen Cockerspaniel, der so hieß. Er war zwar nicht ganz so heroisch, wie der Name vermuten lässt, aber irgendwie hat es immer unheimlichen Eindruck auf alle möglichen Vertreter oder irgendwelche Sektenanhänger gemacht, wenn mein Vater *Hector, hierher!* rief und dann unser Schlapperohr angetrottet kam.«

Leo lachte. »Also gut. Hector! Wollen wir mit ihm ein bisschen spazieren gehen?«

Anna nickte.

Nur einen Steinwurf hinter dem Haus hörte die geteerte Straße auf und ein schmaler Wanderweg, der in den warmen Jahreszeiten auch einmal von verirrten Mountainbikern befahren wurde, schlängelte sich langsam aber stetig den tief verschneiten Kamm hinauf. Der von unten kommende Wanderer konnte es nicht erahnen, aber hatte man den Grat erklommen, ging es auf der anderen Seite nicht etwa gleich wieder bergab, sondern es eröffnete sich einem ein hügeliges, mit kleinen Waldflecken und einzelnen Höfen durchsetztes Hochplateau, aus dem hier und da schneegezuckerte Felsen wie sorgfältig geputzte Zähne herausstachen. In der Nachmittagssonne glitzerten die Schneekristalle und nahmen sich wie milliarden Glasspäne aus. Rechts des Weges lagen ausgedehnte Felder, durch die sich eine kerzengerade Langlaufloipe zog. Die Spur wirkte befremdlich; sie irritierte den versunkenen Betrachter. Leo fand, es war wie ein Wintergemälde von Caspar David Friedrich, auf dem man irgendwo zwischen knorrigen, schneebedeckten Eichen einen holländischen Wohnanhänger entdeckte. Er musste unweigerlich schmunzeln.

Der frisch getaufte Hector tummelte sich im Schnee und sprang bellend in die Luft. Seine Schnauze war ganz weiß, fast sah er wie ein Schlittenhund aus.

»Er ist wohl ganz in seinem Element.«, bemerkte Anna. »Unser Hector hatte immer Angst vor Schnee, Regen oder jeglicher anderen Form von Wasser. Erst wenn wir vor seiner Hütte den Schnee räumten, wagte er sich vorsichtig heraus. Wahrscheinlich war er in einem früheren Leben eine Katze.«, lachte sie. »Jedenfalls haben Michaela und ich ihn verwöhnt, als wäre er unser Kind gewesen. Dementsprechend haben wir ihn auch völlig verzogen.«

»Habt ihr euch als Kinder gut verstanden? Ich meine, du und deine Schwester.«

Anna sah mit zusammengekniffenen Augen zur nördlichen Altmühltalseite hinüber. Leo dachte schon, sie wolle seine Frage nicht beantworten.

»Ja und auch nein. Was man eben so unter *gut verstehen* auffasst. Michaela war irgendwie unbeständig. Sie fing so viele Sachen an, nur um sie bald darauf wieder hinzuschmeißen: ihre Lehre als Bankkauffrau, die Handelsschule, den Job als Sportartikelverkäuferin – früher oder später brach sie immer wieder aus. Nur das Klettern war etwas, was sie mit Akribie betrieb. Als Nesthäkchen wurden ihr ihre Kapriolen immer nachgesehen und wenn ich sie darauf ansprach, war ich immer die eifersüchtige, strebsame Spießerin. Und dann war noch die Geschichte mit Daniel …«

»Daniel Schneider?«, fragte Leo.

»Mmh. Wir waren mal zusammen.«

»Was? Du und … Das sagst du mir erst jetzt?«

»Habe ich jetzt in deinen Augen ein Motiv, meine Schwester erdrosselt und in einen Plastiksack gestopft zu haben?«, fuhr sie ihn an. »Ist es das, was du denkst? Aber ich kann dich beruhigen; das mit uns ist lange her – vier oder fünf Jahre schon.«

Anna blieb stehen und wieder bemühte sie sich, Leo nicht anzusehen. Hector hingegen lief zu ihr und stupste sie mit der Schnauze an, als wollte er sie dazu bewegen, weiter zu gehen.

»Das ist nicht fair. Du weißt, dass ich das nicht denke.«, gab Leo etwas gekränkt zurück.

Ich bin dir ohnehin schon viel näher gekommen, als ich eigentlich dürfte, dachte er bei sich, und wie bei ihrem ersten gemeinsamen Spaziergang legten sie den Weg zum Auto schweigend zurück.

7.

4-Hydroxybutansäure stand auf dem gelben Notizzettel, den Kommissar Dietz über den Tisch reichte.

»Was soll das sein?«, fragte der leicht untersetzte Mann mit dem gezwirbelten Schnurrbart und dem blaukarierten Trachtenhemd. »In meiner Brauerei gibt's so was nicht.«

»Es handelt sich um eine Hydroxy-Carbonsäure«, erklärte Dietz, »die bei Kaiserschnitten als intravenöses Narkotikum oder auch beim Setzen eines Herzkatheters verwendet wird. Seit einigen Jahren kursiert es auch unter dem Namen *Liquid Ecstasy* als Modedroge in den Clubs.«

»Und wie soll das in mein Bier reinkommen, bitte schön?«, fragte der Brauereiinhaber mit einem Unterton in der Stimme, als wäre er beleidigt oder angegriffen worden.

»Ehrlich gesagt hatte ich gehofft, das von Ihnen zu erfahren, Herr Müller.«, warf Dietz ein. »Feststeht, dass ein ganzer Kasten von Ihrem Bier, das ich übrigens selbst sehr gerne trinke«, hierfür erntete er ein gekünsteltes, müdes Lächeln, »mit dem Zeug versetzt war und einen siebenundsiebzigjährigen Kelheimer in einen komaartigen Zustand versetzt hat, in dem ihn jemand bequem *einsacken* und im Affeckinger Friedhof verscharren konnte.«

Die letzten Worte hatte er impulsiver ausgesprochen, als er eigentlich wollte.

Dietz' Gegenüber atmete tief und schwer aus.

»Gut. Gesetzt den Fall, das *Zeug*, wie Sie es genannt haben, hat jemand in mein Bier geschmuggelt. Wie hätte dieser Jemand denn überhaupt daran kommen können?«

»Darf ich?«, entgegnete der Kommissar auf den Flatscreen-Monitor auf dem Schreibtisch deutend.

»Ja … natürlich.«, kam die verwirrte Antwort.

»Sehen Sie«, begann Dietz, »wenn ich nur einen der Handelsnamen, die auf diesem Zettel stehen, in eine Suchmaschine eingebe, erhalten wir – bei diesem Medikament zum Beispiel – zwölftausend Treffer. Fast alle davon sind Angebote. Und was die Legalität betrifft: Im Internet hat man Zugriff auf den globalen Markt; was in dem einen Land auf dem Index steht, darf in einem anderen ohne weiteres angeboten werden – ganz zu schweigen von vielen Anbietern, die sich einen Dreck darum scheren, ob sie illegale Waren anbieten oder nicht, denn sie sitzen irgendwo auf den Fidschiinseln und pfeifen auf die deutsche Gerichtsbarkeit.«

»Ja, das sehe ich schon ein. Aber für meine Leute lege ich die Hand ins Feuer. Außerdem wird maschinell abgefüllt und bis auf die Ausfahrer arbeitet nie jemand allein, immer nur zu zweit oder zu dritt. Halt! Der Brauereimeister, den habe ich vergessen. Aber der hätte ja nur das gesamte Bier vergiften können. Bei der Abfüllung ist der eigentlich nie dabei.«

»Eigentlich?«, hakte Dietz nach und freute sich insgeheim über die Röte, die Müllers ohnehin schon rotes, mit blauen Äderchen durchzogenes Gesicht befiel.

»Können Sie mir die Abfüllung zeigen, bitte?«, fragte er mit einer Höflichkeit, die er sich jetzt wieder leisten konnte.

Natürlich kam jetzt der Blick mit hochgezogenen Brauen auf die Uhr.

»Also gut. Kommen Sie.«

Leo kannte die Brauerei bereits, denn er hatte schon einmal eine Führung mitgemacht. Aber das verschwieg er Müller, zudem war es schon ein paar Jahre her. Als sie in das große Sudhaus kamen, roch es so verführerisch, dass Leo unweigerlich schlucken musste; wobei er hoffte, dass es Müller übersehen hatte. Erinnerungen an seine Kindheit wurden in ihm wach.

Es war September in Arresting, einem kleinen Dorf, das etwa zwölf Kilometer im Norden von Kelheim lag. Dort lag der Hof von Martins Eltern. Martin und Leo waren vor allem in der Grundschule gute Freunde gewesen und hatten sich später, als Leo das Gymnasium besuchte und Martin die Hauptschule weiter machte, mehr oder weniger aus den Augen verloren. Irgendwann war dann der Zeitpunkt gekommen, an dem sie sich, wenn sie sich zufällig in Kelheim oder auch Regensburg trafen, freundlich grüßten, aber schnell merkten, dass sie sich nicht mehr viel zu sagen hatten.

Martins Eltern waren Hopfenbauern mit zwei stattlichen *Brewer's Gold*-Gärten. Wenn Ende der Sommerferien das Wasser des Badeweihers schon kühler, die Schatten länger und das Licht goldener wurde, man die abgeschnittene, an den Schenkeln ausgefranste Jeans gegen eine lange austauschte und nur noch die Hartgesottenen am Zeltplatz blieben – wo sie das Lagerfeuer jetzt schon nachmittags entfachten – halfen Martin und Leo bei der Hopfenernte. Damals hatte noch niemand Pflückmaschinen, nur einer, ein paar Orte weiter, hatte sich für Unsummen einen *Elefanten* gekauft. Alle anderen Hopfenbauern wanden die Reben um einen *Bock*, ein T-förmiges Eisengerüst, das auf dem Hänger befestigt war, und rissen die Reben samt Draht herunter, weswegen dieser Arbeiter auch *Runterreißer* genannt wurde – natürlich verdiente er das meiste Geld. Was oben, gewissermaßen am Dach des Hopfengartens hängen blieb, musste man mit einer langen Hakenstange *runterstangeln*. Dies war die Aufgabe der zwei Jungen, die auch den Traktor durch den Hopfengarten lenkten. Zum Abtransport in die Darre musste wieder der Runterreißer fahren, da nur er einen Führerschein besaß.

Abends – die Septemberabende sind für Leo noch heute die schönsten im ganzen Jahr – duftete der ganz Ort nach gedörrtem Hopfen und verlieh jedem Straßeneck, jeder Scheune eine Heimeligkeit, in die sich nach einem endlosen, heißen Sommer die unruhige, von Fernweh geprägte Umbruchstimmung des angehenden Herbstes vermengte.

»Herr Dietz?«, wurde Leo aus seinem Schwelgen gerissen.

»Ja … ich … entschuldigen Sie, es ist nur, weil mir dieser Geruch so vertraute ist …«

Müller lächelte wissend.

»Da können Sie Recht haben. Mir ist das Sudhaus auch der liebste Raum überhaupt – neben meinem Wintergarten.«

Er lachte. Scheinbar hatte der Bierduft das Eis gebrochen. Doch bevor Dietz ihm antworten konnte, fasste sich Müller an die Brust und zog aus seiner von Kugelschreibern ziemlich ausgeleierten Hemdtasche ein Blasmusik schmetterndes Handy hervor. Leo prustete einen Lacher hervor, der mit einem schlitzohrigen Augenzwinkern erwidert wurde.

»Was? Ja. Nein, nein. Ich mach' das schon. Ja … im Büro. Ich komme.« Müller steckte das Handy in die Hosentasche.

»Gut, was?«, sagte er grinsend. »Passt zur Brauerei, finde ich.«

Leo nickte ebenfalls grinsend.

»Hören Sie, ich muss leider wieder ins Büro. Da ist ein Kunde am Telefon; der will irgendwo im Bayerischen Wald eine Skihütte aufmachen und unser Bier verkaufen. Das muss ich selber machen. Äh … wenn Sie … Passen Sie auf: Wenn Sie hier entlang gehen, kommen Sie direkt zur Abfüllung und zur Auslieferung. Gleich daneben ist der Parkplatz. Sie sind doch mit dem Auto hier oder? Also, wenn S' noch was brauchen, ich bin im Büro oder rufen S' mich an. Servus.«, und weg war er.

Leo grinste immer noch. Er zog sein Handy aus der Jacke und tippte eine SMS

Skihütte im Bayerischen Wald? Keine schlechte Idee. Auf jeden Fall super Timing!

Dann ging er auf *SMS versenden*, durchsuchte das Adressbuch und fand unter *J* die Nummer von Julia Jahn.

Es war wirklich so, wie Müller gesagt hatte: Überall arbeiteten mindestens zwei oder drei Leute zusammen. Da konnte man nicht so einfach einen ganzen Kasten Bier mit Säure versetzen.

Dietz sah sich alle Arbeitsvorgänge genau an, ließ sich auch das eine oder das andere erklären. Besonders interessierte ihn natürlich das Bier in den Bügelflaschen, wie es bei dem ermordeten Schabmüller gefunden wurde. Er ließ sich zeigen, wie es abgefüllt, etikettiert und in die Kästen eingeordnet wird. Schließlich bedankte er sich und ging in Richtung Lager. Als er aber ins Freie hinaustreten wollte, fiel ihm ein Raum auf, dessen blaue Eisentür halb offen stand. Leo lugte hinein. Der ringsum von Regalen mit allen möglichen Kartonagen und Folien gesäumte Raum war beleuchtet, aber leer. Jedoch fand Leo gleich hinter der Tür, was er gesucht hatte.

Auf dem Lagergelände ging er zu zwei Bierfahrern hinüber, die genüsslich ihre Leberkässemmeln verzehrten.

»Mahlzeit.«, sagte er.

»Mahlzeit.«, kam die Antwort.

Dietz zeigte ihnen seinen Ausweis.

»Lassen S' sich nicht stören. Ich hätte nur ein paar Fragen.«

»Mmh.«, sagten sie, wie im Chor. Der Eine, ein großer, breitschultriger Mann mit schwarzen Locken und Elvis Presley-Koteletten wischte sich mit dem Ärmel über den Mund, wobei er mächtig aufstieß. Er sah mediterran aus, fand Leo, irgendwie griechisch. Der Andere nagte an seiner Leberkässemmel wie eine Spitzmaus – auch er war groß, aber so hager, dass er im Gegensatz zu seinem Kollegen auf Leo ungesund und ausgemergelt wirkte, was sicherlich nicht der Fall gewesen wäre, hätte er nicht unmittelbar neben dem massigen Mann auf einem umgedrehten Bierkasten gesessen.

»Fahren Sie beide Bier aus?«, fragte Dietz.

Wieder nickten beide simultan.

»Wer noch? Wie viele Bierfahrer arbeiten insgesamt für die Brauerei?«

Der Grieche – wenn er denn einer war – sagte mit vollen Backen so etwas wie »Fmpf.«, und unterstrich die Zahl mit allen ausgestreckten Fingern der linken Hand, an der er einen schweren Ring trug.

»Mmh.«, nickte Dietz.

»Haben Sie auch mal was zu Alfons Schabmüller gefahren? Der hat Richtung Ihrlerstein rauf gewohnt.«

»Der, den sie umgebracht haben?«, fragte der Hagere mit breitem sächsischem Akzent.

»Schon. Nicht wahr, Akropolis?«

Er knuffte seinem Kollegen gegen die Schulter und kicherte.

»So nennen wir ihn hier alle. Eigentlich heißt er Vassilios, aber so sagt keiner. Stimmt's, mein *Gutster*? Er spricht halt nicht so viel, aber verstehen kann er alles.«

»Also haben Sie ihn schon einmal beliefert, den Schabmüller, mein' ich?«

»Nee. Das hat immer der da gemacht.« Er knüllte die Alufolie und das Papier von seiner Leberkässemmel zusammen, warf es über den Hof und verfehlte den Mann mit der schwarzen Wollmütze, dem der Wurf gegolten hatte, um mindestens zehn Meter.

Da steckte Vassilios zwei Finger in den Mund und pfiff so laut und schrill, dass Leo zusammenfuhr; aber nicht nur er, denn auch der Mann auf der anderen Seite des Hofes drehte sich erschrocken um.

Der dünne Bierfahrer winkte ihn herüber und er kam. Es war Daniel Schneider.

Natürlich war die Wache in Kelheim kein Ort, an dem man düstere Verhörräume mit einseitig einsehbaren Spiegelwänden und hässlichen Blechlampen erwarten mochte, die ihr dumpfes Licht auf mit *ihrem* Anwalt sprechen wollende Verdächtige warfen – als ob jeder Mensch wie selbstverständlich einen hätte, und dieser nur auf den Anruf des zu Vernehmenden wartete, um schon nach den ersten drei Fragen, die abwechselnd der gute und der böse Cop stellten, im fliegenden Trenchcoat in das vor Zigarettenqualm stickige Zimmer zu poltern, den armen Verdächtigen mitzunehmen und den Beamten mit *Das wird Folgen haben!* zu drohen.

Die Kelheimer Wache war alles Andere als das. Von kargen Gängen mit sterilen Kaffeeautomaten und abgedunkelten Vernehmungsräumen war nichts zu sehen. Es gab auch keine modisch durchgestylten Profilertypen, lediglich zwei Beamte in braunen Jeanshosen und beigen Rollkragenpullovern mit aufgenähtem Polizeiemblem, von denen einer per Funk einen Einsatzwagen in den Hafen nach Saal sandte und der andere einem jungen Pärchen, das mit überdimensionalen Rucksäcken unterwegs war, geduldig den besten Fußweg zur Befreiungshalle hinauf erklärte.

Dietz saß im Besprechungsraum, am Kopfende der zusammengestellten, weiß lackierten Tische. Vor sich hatte er eine aufgeschlagene, schwarze Ledermappe mit Papier und einigen Schreibutensilien liegen. Daraus hatte er einen neuen, spitzen Bleistift und einen ebenso neuen, weißen Radiergummi genommen, die wie Beweisstücke vor ihm lagen. Auf dem zweiten Stuhl der Fensterreihe, Dietz zur rechten Seite, saß Daniel Schneider und drehte eine ungeöffnete Zigarettenschachtel in den Händen.

»Darf ich?«, fragte er.

»Tut mir Leid«, entgegnete Dietz, »hier ist Rauchverbot.«, wobei er sich zu erinnern meinte, dass Schneider an Asthma litt.

Schneider nickte.

»Also gut.«, begann der Kommissar.

»Seit wann arbeiten Sie bei der Brauerei?«

»Seit vier Jahren. Aber das wissen S' bestimmt schon.«

»Stimmt. Und wie lange haben Sie schon Alfons Schabmüller beliefert?«

Schneider machte eine abfällige Handbewegung. »*Beliefern* ist etwas übertrieben. Der alte Fonsi hat früher selbst einmal für die Brauerei gearbeitet und hat, seit er in Rente gegangen ist, und das war lange vor meiner Zeit, wenn Sie verstehen, was ich meine, jeden Monat einen Träger bekommen, gewissermaßen als Gnadenbrot.«

Dietz nickte und machte sich ein paar Notizen.

»Und den haben Sie ihm immer gebracht, oder?«

»Auch das wissen Sie höchstwahrscheinlich genauestens.«

Schneider sah von seiner Zigarettenschachtel auf und blickte Dietz herausfordernd in die Augen. Leo tat so, als weiche er dem Blick aus, um sein Gegenüber in Sicherheit zu wiegen. Sicherheit und Kontrolle – das waren gewissermaßen die Leitmotive eines effektiven Verhörs, die man ihn damals auf der Polizeischule gelehrt hatte. *Gib der Person, die du befragen möchtest, das Gefühl, sie habe alles unter Kontrolle, und sie wird dir alles erzählen, was sie weiß*, hatte der Ausbilder behauptet. Leo hielt es damals für nichts weiter als eine Plattitüde, erkannte jedoch im Verlauf der Jahre die Effektivität dieser Strategie.

»Also gut.« Dietz gab den Beleidigten. »Spielen wir mit offenen Karten. Wissen Sie, warum Sie hier sind?«

Schneiders unschuldig fragender Blick war alles andere als überzeugend.

»Ich hab' nicht die leiseste Ahnung. Aber Sie werden mich sicher gleich darüber aufklären.«

Dieses Mal war es Dietz, der Schneider in die Augen starrte und sogleich merkte, dass sich etwas in dem jungen Mann zusammenzog und nach innen verkroch.

Von dem vergifteten Bier wusste außer der Polizei, Doktor Haas und dem Brauereibesitzer Müller noch niemand etwas. Wenn Schneider also unschuldig war, war es durchaus plausibel, dass er wirklich keine Ahnung hatte, was man hier von ihm wollte.

Plötzlich hellte sich das Gesicht des hochgewachsenen Mannes fast belustigt auf und er lachte fast, als er sagte

»Sie … Sie glauben doch wohl nicht, dass der Fonsi … also dass ich etwa den Fonsi…«

Als er Dietz Miene sah, verdunkelte sich sein Gesicht sofort wieder.

»Scheiße, Mann! Ich hab' doch den Fonsi nicht umgebracht! Den hab' ich schon seit meiner frühesten Kindheit gekannt. Warum hätt' ich das denn tun sollen?«

Leo ließ sich Zeit. Er wollte Daniel Schneider köcheln lassen. Er kramte in seinen Unterlagen herum, blätterte sie einmal von vorne nach hinten, dann wieder von hinten nach vorne durch und tat so, als notiere er sich eine äußerst wichtige Erkenntnis oder Information. Dann ließ er die Bombe platzen.

»Herr Schneider, es besteht nicht nur dringender Tatverdacht gegen Sie im Fall Alfons Schabmüller. Wir sind vielmehr der Annahme, hinter dem Ganzen liegt System.«

»System? Was soll denn jetzt der Scheiß schon wieder, hier?«

Leo trommelte mit dem Bleistift auf seinen linken Handballen. »Sehen Sie, es gibt viele Gründe, einen Menschen umzubringen, und fast genauso viele, es noch einmal zu machen. Die Einen entdecken einen Kick dabei, die Anderen werden von irgendwelchen Zwängen gesteuert und wieder Andere wollen mit weiteren Gewalttaten ihre vorhergegangenen Verbrechen ventilieren, um sie unterbewusst verarbeiten zu können.«

Leo sah, wie Daniel Schneider seine Zigarettenschachtel zusammendrückte, während seine Wangenmuskeln sich anspannten, als wollten sie platzen. Schneider mochte kurz davor sein, ihn über das Tischeck anzuspringen. Wie zufällig streifte er mit dem Ellenbogen seine Lederjacke auf, sodass man kurz den Halfter mit seiner Dienstwaffe sehen konnte. Dann spannte er den geplanten Bogen.

»Wie lange kannten Sie sich und Michaela Stadler?«

Schneider sah ihn lange an, bevor er antwortete. Dietz hatte sich schon auf so ziemlich alles gefasst gemacht; aber die ruhige, melancholische Stimmung, in die der vor wenigen Sekunden noch dem Ausrasten nahe gewesene junge Mann mit einem Male verfiel, überraschte ihn wirklich.

»Lange«, sagte Schneider, »wirklich sehr lange. Wir kannten uns schon in der Grundschule.«

»Wann wurden Sie ein Paar?«

Schneider überlegte nicht lange. »2000. Bei einer dieser Milleniumsfeiern. Wir waren vorher ein paar Mal zusammen aus gewesen, aber da, ich meine als die ersten Raketen abgefeuert wurden, wussten wir beide, dass es der richtige Moment war.«

»Wussten Sie bei Anna Stadler auch, dass es irgendwann der richtige Moment war?«

Daniel Schneider sah ihn überrascht an. »Woher wissen Sie das von Anna und mir? Hat sie Ihnen das gesteckt?«

Leo gab keine Antwort.

Schneider legte die zerdrückte Zigarettenschachtel auf den Tisch und lehnte sich zurück.

»Anna und ich waren eigentlich nur kurz zusammen. Irgendwie hat es nicht so richtig geklappt. Aber fragen Sie mich bloß nicht, weshalb. Es ging schon in die Brüche, bevor es überhaupt richtig angefangen hatte. Auf jeden Fall kommen wir seither bestens miteinander aus. Sie können ja Anna fragen, sie wird Ihnen bestimmt das Gleiche erzählen. Sie kennen sie ja ganz gut.«

Leo fixierte die Zigarettenschachtel und überlegte, ob in dem, was Schneider sagte, und vor allem, *wie* er es sagte, nicht viel mehr mitschwang, als nur die subjektive Aussage eines Verhörten. Schließlich griff er in seine Brustinnentasche, zog einen kleinen Stapel buntes Papier heraus und schob ihn zu Schneider hinüber.

»Diese Etiketts habe ich in der Brauerei mitgenommen. Sie lagen in dem Lagerraum am Ende der großen Halle. Die Tür war aufgesperrt und stand sperrangelweit offen. Es war also ein Kinderspiel, an die Etiketts heranzukommen.«

»Ja, das weiß ich schon. Aber was hat das mit mir zu tun?«, entgegnete der junge Mann.

»Vielleicht nichts, möglicherweise aber auch sehr viel.« Leo stand auf, presste die Hände in die Hosentaschen seiner Jeans und atmete tiefer durch als gewollt.

»Erstens: Michaela Stadler wurde von jemandem getötet, den sie kannte, zu dem sie Vertrauen hatte und der wusste, wann und wo sie zum Klettern ging. Zweitens: der Türkisring, den Sie ihr zur Verlobung geschenkt hatten, ist – obwohl sie, wie Sie wissen, immer einen anderen, einen silbernen Ring darüber trug – verschwunden. Drittens: Alfons Schabmüller, dem Sie jeden Monat einen Kasten Bier brachten, wird auf dem Affeckinger Friedhof, neben der Brauerei, in der Sie arbeiten, verscharrt. Viertens: Schabmüller wurde mit einem hoch dosierten Narkotikum eingeschläfert, das sich in dem von Ihnen gelieferten Bier befand. Sie sehen ja«, er wies auf das Päckchen Etiketts, »wie einfach es vermutlich war, einen bereits ausgelieferten Kasten zu manipulieren und neu zu etikettieren. Und fünftens ist da noch der Hund, der den Mörder sein scheinbar schlafendes Herrchen ohne weiteres davonschleppen ließ. Sagen *Sie* mir, was das alles mit Ihnen zu tun hat.«

Daniel Schneider war kreidebleich. Er saß da wie jemand, dem der Arzt eine tödliche Krankheit diagnostiziert hatte. Sicher wollte er sich verteidigen. Aber die Verwirrung ob der Plausibilität dessen, was der Kommissar wohl dachte, und das Bewusstsein um das Netz, das ihn immer fester einschnürte, ließen ihn schweigen.

»Also Michaela auch noch, glauben Sie … Ich soll die Frau, die ich heiraten wollte, umgebracht haben … ich? Bin ich jetzt verhaftet?«, fragte er so leise, als wäre es eine peinliche Sache, so eine Frage zu stellen.

Dietz schüttelte den Kopf. »Nein. Noch nicht. Aber ich will, dass Sie Kelheim in nächster Zeit nicht verlassen und dass Sie sich … warten Sie – heute ist Montag – jeden dritten Tag, also von Donnerstag an, bei mir oder bei den Kollegen hier in Kelheim melden.«

Damit gab er Schneider seine Visitenkarte, der sie mit zittriger Hand entgegennahm und einsteckte.

»Noch eins:«, sagte Dietz und sah Schneider dabei lange an, »Ich kann mich nur an die Indizien halten, und die Dinge stehen beschissen für Sie. Aber … wenn Sie unschuldig sind, dann helfen Sie mir, diesen Kerl zu fassen, der Ihre Verlobte auf dem Gewissen hat.«

Daniel Schneider erhob sich langsam, immer noch den Blick auf Dietz' Visitenkarte geheftet.

»Ich habe noch etwas vergessen.«, hielt Leo ihn auf, als er gerade zur Tür gehen wollte.

»War Michaela krank, oder klagte sie über irgendwelche Beschwerden?«

Schneider schien sich einige Augenblicke zu besinnen. Dann schüttelte er, ohne den Kommissar anzusehen, den Kopf und verließ das Zimmer.

8.

Natürlich wusste Gerhard Dietz, dass man mit achtundsechzig nicht mehr so leichtfertig auf Bäume klettern kann wie mit zwanzig. Aber die Wassertriebe des wuchtigen Birnbaums nahmen auch dieses Frühjahr keine Rücksicht auf das Alter des Gartenherrn und schossen meterlang senkrecht in die Höhe. Außerdem kannte er jeden Zentimeter, jeden Ast und jede Gabelung seines alten Obstbaumes im Schlaf und hätte blind durch die Krone steigen können. Nur was das Gerät betraf, hatte er sich ein wenig modernisiert und sich eine elektrische Kettensäge, eine langstielige Obstbaumschere und eine Teleskopzange mit Seilzug angeschafft.

Der Februar war bereits außergewöhnlich mild gewesen und der März nahm sich schon so frühlingshaft aus, wie es sonst nur die ersten Maitage tun. Der alte Dietz hatte seine gelbe Regenjacke an einen der unteren Aststümpfe gehängt, die Ärmel seines rotschwarzkarierten Flanellhemds zurückgekrempelt, sich die Baumschere unter die Achsel geklemmt und den oberen Teil der Krone, aus dem die Wassertriebe herausragten, erklommen.

Er fuhr zusammen, als nur wenige Zentimeter von seiner Schläfe entfernt eine aufgeschreckte Amsel ihn wütend beschimpfend vorbeiflatterte. Die Baumschere entglitt ihm, aber er konnte sie noch mit dem Fuß auffangen und an den Stamm pressen. Lächelnd freute er sich über dieses Kunststück. *Schade, dass Erna mich nicht gesehen hat*, lachte er in sich hinein, *obwohl sie sicher schimpfen würde, was ich alter Depp noch auf hohen Bäumen zu suchen habe... Ah, da ruft sie schon. Aber sie klingt so weit weg …*

Dietz hörte noch einmal, wie seine Frau *Gerhard* rief und dann noch einmal *Gerhard* … doch jedes Rufen schien weiter weg zu sein. Dann war es plötzlich wie in einem dieser alten handgedrehten Kurzfilme, wie er noch einige mit Kindheitsszenen von Leo in der alten Truhe auf dem Speicher hatte: Das Bild wurde, wenn der Film zu Ende war, von außen nach innen schwarz und erlosch. So war es auch jetzt, nur ganz langsam. Die Schwärze ergriff ihn; zuerst überrascht, dann ergeben, sank er schließlich hinunter, dem Boden zu.

»Leo«, begann sie, und er hörte schon an diesen zwei Silben, dass etwas passiert sein musste.

»Wir sind in Regensburg, in der Uniklinik. Deinem Vater geht es nicht gut. Er ist vom Birnbaum gefallen und war einige Zeit bewusstlos, auch jetzt ist er noch ganz benommen.«

Eigentlich war Leo im Begriff gewesen, seine große Runde zu laufen, und hatte schon in Laufkleidung im Treppenhaus seiner Regensburger Wohnung gestanden und die Muskeln gelockert, als er das Telefon hörte und noch einmal zurückgegangen war.

»Oh verdammt! Wie ist denn das nur wieder passiert?« Ohne eine Antwort abzuwarten, fragte er

»Und … wie geht es ihm jetzt, ich meine, ist er wieder bei Bewusstsein? Hat er schon etwas gesagt?«

Erna Dietz schwieg.

»Mama?«, hakte Leo nach.

»Komm einfach schnell vorbei.«, schluchzte seine Mutter. »Wir müssen dann noch mit den Ärzten sprechen. Ich glaube, die wissen selbst nicht so genau, was mit ihm los ist. Ich muss jetzt aufhören, er ist die ganze Zeit allein im Zimmer.«

»Ist gut. Wo seid ihr? Auf welcher Station?«, fragte Leo.

»Auf der Intensivstation. Du musst läuten, dann lassen sie dich rein.«

Der Weg zur Regensburger Uniklinik war für Leo reine Routine. Oft musste er beruflich dorthin, meist auch auf die Intensivstation. Nicht zur Befragung, so etwas war am Krankenbett weder durchführbar noch juristisch verwertbar. Es ging ihm vielmehr darum, sich ein Bild von den Menschen zu machen, die auf irgendeine Art in einen Kriminalfall verwickelt waren und – möglicherweise – dadurch verletzt wurden. Er fand, im Krankenbett wirkten die Menschen ungeschminkter, was sie natürlich auch waren, gleichsam demaskiert. Nur bei denen, die ihm nahe standen, war es genau umgekehrt. Sie fand er stets entfremdet und teils auch unzugänglich, was sicherlich mit emotionaler Bindung zu erklären war. Während bei Verdächtigen, Opfern oder Zeugen jegliche Verstellung wie eine Schuppenhaut abfiel, schien sie bei Menschen, die ihm etwas bedeuteten, erst einzusetzen. Dennoch – es mochte vielleicht mit seinem persönlichen Umgang mit Wahrheit und Verstellung zu tun haben, möglicherweise waren es aber auch eher die *Ent*stellungen durch Schwellungen, Kratzer und ganz sicher auch Schmerzen – er glaubte, als er das Zimmer, in das ihn seine im Gang wartende Mutter führte, betrat, einen fremden Mann, und nicht seinen Vater vorzufinden. Sein ohnehin schon roter Kopf war blutverkrustet und von einem Verband verhüllt, der von einer jodfarbenen Tinktur getränkt war. Leo konnte nur eine Gesichtshälfte sehen, denn Gerhard Dietz lag zwar auf dem Rücken, doch mit seltsam zur Seite abgewendetem und gleichzeitig nach oben gedrehtem Kopf. Er schlief.

»Mein Gott, sein Gesicht.«, flüsterte Leo. »Er hat doch nichts mit dem Genick, oder?«

»Nein.«, gab seine Mutter, ebenfalls flüsternd, zurück.

»Sie sagen, es war wohl ein Schlaganfall. Wie schwer, kann man allerdings noch nicht feststellen. Aber er hat sich zumindest nichts gebrochen, haben sie festgestellt.«

Leo legte den Arm um seine Mutter, die wie vor Kälte zitterte, was sich bei sehr schlanken Menschen, wie Erna Dietz es war, umso erbärmlicher ausnahm.

»War er schon wach? Hat er schon mit dir sprechen können?«, fragte Leo.

»Ja, er wacht immer wieder auf. Aber er stottert nur wirres Zeug und ...«, jetzt weinte sie, »er kann irgendwie nicht richtig sprechen, sondern lallt mehr, als er redet.«

Sie konnten nicht weitersprechen, denn die Tür ging auf und ein junger Arzt, ein auffallend attraktiver, braun gebrannter, arabisch aussehender Mann von höchstens dreißig, kam mit bis oben hin zugeknöpftem Kittel, leisen Schrittes, wie in der Kirche, auf sie zu und reichte beiden sehr förmlich, aber genauso fest die Hand. Er stellte sich als Doktor Bakhir vor. Mit einer eleganten Geste bedeutete er Leo und seiner Mutter, nachdem er einen langen Blick auf Leos Vater geworfen hatte, dass er vor dem Zimmer mit ihnen sprechen wolle. Draußen wiederholte er nochmals kurz die momentane Diagnose und erklärte, was Leo noch nie in einem Krankenhaus erlebt hatte, dass er gerne alle Fragen, soweit er dies vermöge, beantworten wolle.

»Besteht noch Lebensgefahr?«, ergriff Leo sofort die Gelegenheit.

Doktor Bakhir sah ihn sehr aufmerksam und konzentriert an, ganz so, als wollte er die Antwort von Leo selbst hören. Schließlich meinte er

»Nein, momentan nicht. Sein Zustand ist stabil. Aber Sie sollten wissen, dass ihr Vater großes Glück hatte, nicht allein gewesen zu sein. Wäre die notärztliche Hilfe später gekommen, hätten sich wahrscheinlich zusätzliche, irreparable zerebrale Schäden breitgemacht.«

»Was meinen Sie mit *zusätzlichen Schäden*?«, fragte Erna Dietz schnell. »Wollen Sie sagen, dass ihm etwas bleiben wird?«

Der junge Arzt wiegte seinen Kopf zur Seite, wobei er sich über seinen leicht angesetzten Kinnbart strich. »Etwas bleiben?«, wiederholte er die Frage. »Das ist sehr schwer zu sagen. Wir wissen noch nicht genau, welche Gehirnregionen wie schwer angegriffen sind und ob sich der Patient, Pardon, Ihr Mann, ganz oder nur teilweise davon erholen kann. In jedem Falle müssen Sie sich auf einen langwierigen, sukzessiven Heilungsprozess einstellen. Aber das hängt sehr von der individuellen Konstitution des Einzelnen ab.«

»Mmh.«, nickten Mutter und Sohn wie aus einem Munde.

»Ich schlage vor, wenn Sie erlauben«, sagte Doktor Bakhir, »Sie fahren erst einmal nach Hause und versuchen, das Ganze zu verarbeiten. Heute können Sie nichts mehr für ihn tun. Er wird sicher nicht vor morgen Vormittag aufwachen. Sie werden auch für die nächsten Wochen und Monate Ihr Leben umstrukturieren müssen, denn es wird vorerst nichts mehr so sein, wie es bisher war.«

Erna Dietz wartete auf dem kleinen, verschlissenen Veloursofa auf Leo, der das Bett, oder vielmehr die Seite, auf der Brigitte immer geschlafen hatte, frisch überzog. Sie rief ihm mit trockener Stimme hinüber, dass sie morgen gleich nach dem Frühstück, wenn Leo aufs Präsidium fahre, den nächsten Bus zur Uniklinik nehmen wolle. Dabei war ihr Blick fest auf die dicke Staubschicht geheftet, die von der Stereoanlage und dem großen Bücherregal Besitz ergriffen hatte. Nach dem Krankenhaus würde sie, solange ihr Sohn noch in der Arbeit war, die Wohnung saugen, gründlich staubwedeln und, falls noch etwas Zeit bleiben sollte, die Küchenschränke auswischen.

An dem bauchigen Glas Mineralwasser, das ihr Leo gereicht hatte – ansonsten hatte er nur Bier und Kamillentee im Haus – hatte sie nur einmal kurz genippt. Jetzt war es in ihren Händen warm geworden und hätte sicherlich einen lauen, abgestandenen Geschmack, vor dem ihr graute.

»Leo?«, fragte sie in ihr Wasserglas hinein.

»Mmh?« Ihr Sohn lehnte mit einem halb überzogenen Kopfkissen im Türrahmen,

»Was ist, wenn er nicht mehr wird, ich meine, wenn er gar nicht mehr richtig leben kann, vielleicht kaum mehr zu Bewusstsein kommt, du weißt schon …«

Leo warf das Kissen hinter sich ins Schlafzimmer hinein, nahm einen der hochlehnigen Stühle vom Esstisch und setzte sich zu seiner Mutter. Kurz sprang er noch einmal auf, dachte flüchtig an einen Kamillentee, holte sich dann aber doch das dritte Pils aus dem Kühlschrank.

»Ich glaube, das würde ich nicht wollen, ich meine, so zu leben. Ich würde lieber in Würde gehen wollen.«

»Also erstens wird Papa wieder gesund und zweitens brauchst du dir heute noch keine Gedanken darüber zu machen, was vielleicht noch alles passieren könnte. Außerdem: Wie würdest du das anstellen, *in Würde gehen*, wenn du zum Beispiel ans Bett gefesselt wärest, durch Schläuche ernährt würdest und dir nicht einmal selbst die Haare kämmen könntest, geschweige denn weglaufen?«

»Ich habe auch nicht von *Weglaufen* gesprochen.«, sagte Erna Dietz mit seltsam verhärtetem Blick.

»Irgendjemand würde sich schon finden lassen, der dann hoffentlich weiß, was zu tun ist.«

In dieser Nacht träumte Leo natürlich von seinem verunglückten Vater. Er wollte ihn am Krankenbett besuchen, konnte aber nicht das richtige Zimmer finden. Also lief er durch surreal verzerrte und verschobene Gänge, wobei der Bewegungsablauf seiner matten Beine von gallertartiger Luft erschwert und verlangsamt wurde. Mehr schwimmend als laufend bemerkte er eine offen stehende Tür, durch die er sich in ein Krankenzimmer hineinkämpfte, das mehr einer Halle als einem Krankenhauszimmer glich. Erst als sich die Tür hinter ihm verschloss – langsam aber endgültig – wurde ihm klar, dass er sich in einer Art Kirche oder Tempel befand. Er stapfte mit bleiernen Füßen auf ein riesiges Krankenbett zu, dessen Liegefläche ihm bis ans Kinn reichte. Leo wusste, dass Michaela Stadler in dem Bett lag. Er wusste aber auch, dass hinter ihm etwas lauerte, was ihm stumme Schreie aus der Kehle riss. Da sah er, dass Michaela Stadler wieder – oder noch? – ihren Türkisring trug, doch ihr Gesicht veränderte sich und er ahnte, was passieren würde. Schnell riss er die Bettdecke herunter und fand, wie er es geahnt hatte, dass sich darunter ein blauer Plastiksack befand, aus dem heraus ihn jetzt nur noch ein fahles Gesicht anstarrte: Es war sein Gesicht. Und am Fußende des Betts stand höhnisch grinsend Daniel Schneider mit einem Rolltisch, auf dem noch ein Dutzend weiterer blauer Säcke lag. Aus einem der Säcke lugte ein langer Haarschopf hervor, und in dem Wissen, wer diese schwarzen Locken trug, die immer so anmutig hinter die Brillenbügel geschoben wurden, wachte Leo auf.

»Du hast geschrieen«, sagte seine Mutter neben ihm, »wie früher, als du noch klein warst.«

9.

»Herr Dietz, hier Polizeiinspektion Kelheim. Wir haben wieder einen.«

Leo hatte, wie auch in den letzten zweieinhalb Wochen, in der Nacht nicht besonders gut geschlafen. Seine Mutter hatte das Schild *Zimmer frei* aus dem Fenster der Pension genommen und war vorübergehend zu ihm gezogen. Die Wochenenden hatten sie zusammen in Ihrlerstein verbracht, wo sich Erna Dietz mit Hector angefreundet hatte. Momentan war Leo heilfroh, dass jemand in Regensburg war, der sich ein wenig um das Tier kümmern konnte. Natürlich kam seiner Mutter diese Ablenkung auch recht gelegen.

Vergangenen Samstag hatte Leo Anna Stadler zu einem Spaziergang mit Hector abgeholt, der glücklicherweise nicht mit bedrückendem Schweigen, sondern mit einem wirklich netten Abend in einer Riedenburger Pizzeria geendet hatte.

Leo hatte sich viel Papierkram mit nach Hause genommen und an den langen Abenden, an denen sie beide keinen Schlaf finden konnten, allerhand wegarbeiten können. An einem jener Abende, als ihn seine Mutter fragte, ob er in den beiden Mordfällen vorangekommen sei, musste er sich eingestehen, dass er eigentlich auf der Stelle trat: Er hatte außer dem juristisch dürftigen Tatverdacht gegen Daniel Schneider gar nichts, aber auch überhaupt gar nichts in der Hand.

»Wie *einen*?«, fragte er den Polizeibeamten.

»Einen Toten. Ein Ehepaar fand ihn beim Joggen, im Wald oberhalb des Krankenhauses.«

»Kann man einen Unfall ausschließen?«

»Auf jeden Fall, Herr Dietz. Der Tote wurde verbrannt – wir haben den Benzinkanister gefunden.«

»Mmh, wie damals der Suizidfall bei Abens...«

»Entschuldigen Sie, dass ich Sie unterbreche«, warf der Polizist ein, »aber einen Suizid können wir wohl auch ausschließen: Wir haben Reste von einem blauen Plastiksack gefunden.«

»Scheiße!«, entfuhr es Leo.

»Außerdem ist da noch etwas, was Sie sich unbedingt ansehen sollten ...«

Der Tatort war besser abgeriegelt als damals der im November an der langen Wand in der Weltenburger Enge. Ein heftiger Dauerregen hielt etwaige Spaziergänger fern, die sich vom Kalvarienberg, der sich oberhalb des Krankenhauses erhob, hierher hätten verlaufen können. Die Fichten glänzten in frischem, dunklem Grün und das weiche Moos roch angenehm würzig, wenn auch ein wenig modrig. Der Regen prasselte so stark auf das am Boden liegende tote Geäst, dass sich jeder noch so kleine Waldbewohner, wo nicht vor der unausweichlichen Nässe, so doch vor dem Tosen, das die großen, runden Tropfen auf dem Gehölz verursachten, in Löchern und Bauten verkroch. Umso befremdlicher nahm sich das rotweiße Plastikband aus, das die Polizisten um ein halbes Dutzend Baumstämme gebunden hatten, um den Tatort abzusperren.

Dietz hob das Band an, duckte sich und schlüpfte darunter hindurch, wobei er seine Mütze verlor. Bevor er sie aufheben konnte, waren seine Haare klitschnass. Er steckte die ohnehin schon völlig durchnässte Mütze in seine Jackentasche und strich sich die Strähnen aus der Stirn. Der kalte, schwere Regen legte sich wie eine zweite Haut auf seinen Körper und schützte ihn vor dem beißenden Gestank, der aus dem verklumpten, schwarzen Scheiterhaufen aufstieg. Bei trockenerer Witterung hätte man den stinkenden Qualm sicher bis zum Krankenhaus hinunter gerochen.

Es war wohl auch die Macht des Regens, die es dem Feuer untersagt hatte, sein tödliches Werk zu vollenden. Oder war das Feuer bewusst so gelegt worden, dass man noch Spuren und Reste dessen sehen konnte, was hier geschehen war?

Die Polizisten, unter denen zwei Forensiker in weißen, wassertriefenden Overalls standen, hatten unter der wuchtigen Krone einer riesigen Eiche Schutz gesucht. Zwei von ihnen rauchten, einer trank Mineralwasser aus einer kleinen Plastikflasche. Dietz wischte sich noch einmal durch die nassen Haare und ging zu ihnen hinüber.

Er kannte die Beamten bereits, da er mit ihnen schon in den Fällen Stadler und Schabmüller zu tun hatte. Nur einer der beiden Männer in Overalls war ihm unbekannt. Der etwa fünfunddreißigjährige Mann trug wie Leo keine Kopfbedeckung. Seine offensichtlich dicken, blauschwarzen Haare sahen im Regen aus wie nach hinten gegelt. Er sog lange an einer frisch angezündeten Zigarette und sah den Kommissar ruhig, aber erwartungsvoll an.

Leo hatte den Eindruck, dass jene Befangenheit, die sich zwischen ihm und den Kelheimer Beamten breitgemacht hatte, als er sie in der Weltenburger Enge zurechtgewiesen hatte, erneut in der feuchten Luft hing. Deshalb reichte er jedem von ihnen die Hand und murmelte etwas von *Sauwetter*. Als er sich dem Mann mit den schwarzen Haaren gegenüber sah, stellte er sich kurz vor.

»Leo Dietz. Sie sind ein neuer Kollege bei der Spurensicherung?«, fragte er.

»Akdeniz. Freut mich. Nein … äh … bin ich nicht. Ich bin Pathologe, vom Krankenhaus hier unten.«

Er wies mit dem Daumen in eine unbestimmte Richtung durch die dunklen Bäume.

»Ach so. Ich dachte, wegen des Overalls …«

»Oh ja. Das war ein sehr nettes Angebot Ihrer Kollegen, mich ein wenig aufzuwärmen, da ich hier oben schon völlig durchnässt ankam. Die Dinger sind wirklich gut.«

»Verstehe. Doktor Haas ist wohl verhindert? Er wollte mir noch einige Informationen zukommen lassen.«

»Er ist heute früh ins Ausland geflogen. Nach Nordfrankreich, hat man mir gesagt, wo er scheinbar immer seinen Urlaub verbringt. Ich bin jetzt seine Urlaubsvertretung, gewissermaßen.«

Der letzte Satz klang fast wie eine Entschuldigung. Leo nickte und wandte sich der erloschenen, doch wenn stärkere Regentropfen darauf fielen, immer noch zischenden Feuerstelle zu.

Tatsächlich war dies ein Scheiterhaufen. Man konnte noch deutlich die Systematik erkennen, mit der die Äste und das Reisig kreisrund angeordnet waren und sich zu einer Art Podest erhoben. Darauf lag ein Körper, der sich wie eine in Tüchern eingeschlagene Mumie ausnahm. Der untere Teil war unförmig verklumpt und mit dem blauen Plastiksack, in dem die Leiche steckte, verschmolzen. Zum Oberkörper hin schienen die Flammen weniger stark gelodert zu haben, denn Torso und Kopf waren noch als solche zu erkennen. Aber dort, wo einmal die Nase gewesen sein musste, die vielleicht ehedem ein schönes Gesicht geziert hatte, saß eine völlig unversehrte, auffallend dick beglaste Hornbrille, aus der die verkohlte Leiche hohle, ausgebrannte eulenartige Augen in die düsteren Baumkronen zu richten schien.

»Der Täter hat den Brand wieder gelöscht.«, hörte Leo jemanden hinter sich sagen. Aus der Stimme sprach eine derartige Sicherheit, dass sich Leo unwillkürlich umdrehte.

»Was macht Sie da so sicher, Dr. Akdeniz?«, fragte er.

»Sehen Sie sich den Körper und die verkohlten Äste ab etwa dieser Linie hier an. Der untere Teil hat ganz eindeutig intensiver gebrannt. Auch das Holz ist hier schon teilweise zu Asche zerfallen, während hier oben, im Brust- und Kopfbereich, noch einige Äste zu finden sind, die fast überhaupt nicht gebrannt haben. Ich bin sicher, dass nur der untere Teil mit Benzin übergossen wurde.«

»Mmh.«, murmelte Dietz. »Das ergäbe Sinn.«

»Und hier«, fuhr Dr. Akdeniz fort, »die Brille. Offensichtlich wollte man sie ihm … äh … oder ihr aufsetzen, bevor alles komplett verkohlen würde.«

Nun trat der Beamte neben Dietz, mit dem er am Morgen telefoniert hatte.

»Erkennen Sie sie, die Brille meine ich?«

Ja, Leo wusste, wessen Brille man dem schwarzen, lippenlosen Gesicht aufgesetzt hatte; obwohl er sie noch nie zuvor gesehen hatte. Aber Josepha Kramer hatte ihm die an einem Bügel mit Heftpflaster geklebten Augengläser des alten *Fonsi*, den ganz Kelheim nur *Froschauge* genannt hatte, genauestens beschrieben.

Leo winkte den zweiten Mann im weißen Overall herbei und bat ihn, ihm die Fotoaufnahmen auf dem Display seiner digitalen Spiegelreflexkamera zu zeigen. Der Mann hatte zwar schon an die sechzig Aufnahmen gemacht, trotzdem zeigte ihm Leo noch einige Einstellungen und kleinere Details, die er noch einmal abgelichtet wissen wollte.

»Bitte schicken Sie mir das heute noch ins Büro. Danke.«

Leo trat an den Toten heran und musste plötzlich an das Krankenbett seines Vaters denken. Er fragte sich, wer wohl um diesen Toten weinen würde, wer an seiner Statt hier stehen sollte und das große *Warum* aussprechen, das der verkohlte Mund niemals beantworten würde. Leo fühlte sich wie in einem Labyrinth, in dem irgendjemand sein perfides Spiel mit ihm trieb. Er spürte förmlich die höhnischen Blicke, mit denen er von irgendwo jenseits der grünen Bäume bedacht wurde.

Er beobachtet mich, dachte er bei sich. *Der Kerl fühlt sich so erhaben, dass er immer mehr riskiert, Spuren auslegt, dem dummen Polizisten immer noch ein Stückchen weiter auf die Sprünge hilft.*

Dann erinnerte er sich an das, was Julia Jahn gesagt hatte: *Jeder Täter will entdeckt, manche wollen sogar gestoppt werden.*

»Dr. Akdeniz? Können Sie hier in Kelheim die Obduktion ohne Dr. Haas vornehmen oder sollen wir die Leiche nach Regensburg bringen?«

Der junge Mann antwortete mit der gleichen Gelassenheit wie zuvor

»Ich habe alle Befugnisse während Dr. Haas' Abwesenheit – übrigens auch die entsprechende Qualifikation.«

»Daran zweifle ich nicht.«, sagte Leo, der nicht die Absicht gehabt hatte, Akdeniz irgendwie zu beleidigen, und wischte sich mit dem Ärmel über das nasse Gesicht.

Erst im Auto bemerkte er, dass an seiner Öljacke der Geruch von Asche und verbranntem Plastik haftete.

10.

Doktor Julia Jahn war eine glänzende Referentin, und die ungeteilte Aufmerksamkeit ihrer Zuhörer verdankte sie keineswegs nur ihrem blendenden Aussehen. Ihr gebräunter Teint stand in einem exotischen Kontrast zu ihren strahlend blauen Augen und den blonden, wie immer perfekt sitzenden Haaren. Sie trug ein marineblaues Kostüm und an ihren dünnen, kräftigen Hals schmiegte sich eine weiße Perlenkette. Die Brille hielt sie zusammen mit einem schwarzen Boardmarker in der rechten Hand. In der linken hatte sie ein Dossier, das sie zu Beginn ihrer Ausführungen an die Anwesenden verteilt hatte. Alle hatten die Seite mit der Satellitenaufnahme von Kelheim aufgeschlagen. In der Weltenburger Enge, auf dem Affeckinger Friedhof und im Wald oberhalb des Krankenhauses waren kleine weiße Kreise eingetragen und in der unteren rechten Ecke der Karte befand sich eine Legende mit Koordinaten, Abständen und Geländebeschreibungen der Tatorte.

Der Kelheimer Bürgermeister saß neben Leos Chef, Richard Mittermayr. Während der Bürgermeister fortwährend zustimmend nickte und dabei mit seinem Füller spielte, löste Mittermayr seine verschränkten Arme nur, um von Zeit zu Zeit einen Blick auf die Uhr oder seinen Palm zu werfen.

Doktor Akdeniz, der in seinem beigen Anzug, mit blauem Hemd und gestreifter Krawatte wie ein Hollywoodbeau aussah, hörte der Referentin mit besonderer Aufmerksamkeit und ohne den Blick für mehr als zwei Sekunden abzuwenden zu.

»Fassen wir zusammen.«, schloss Doktor Jahn ihren Bericht.

»Vermutlich haben wir es mit einem männlichen, kräftigen, wahrscheinlich durchtrainierten Täter zu tun. Das geht aus dem körperlichen Kraftaufwand hervor, der im Fall Stadler notwendig war, um das Opfer am Fuß der Klippe zu hinterlassen. Auch der Grabaushub im Fall Schabmüller – vergessen wir nicht, die obere Erdschicht war gefroren – weist auf dieselben Voraussetzungen hin. Des Weiteren kommt der Täter mit großer Sicherheit aus Kelheim oder der näheren Umgebung, da er zum Ablegen der Leichen die Tatorte studiert haben muss. Dazu war notwendig, dass er sowohl topographische Details, wie den Weltenburger Klettersteig oder die Waldwege bei Ihrlerstein, kennen musste, als auch den Fahrplan der Schifffahrtsgesellschaft sowie die Messen oder andere Frequentierungen der Kirche in Affecking. Schließlich sind noch die privaten Gepflogenheiten der Opfer zu nennen, von denen er wohl Kenntnis hatte.«

Sie wandte sich um zu dem Whiteboard, auf das sie mit einem Beamer die Silhouette einer menschlichen Gestalt geworfen hatte. Rechts oberhalb des Kopfes schrieb sie mit dem schwarzen Boardmarker das Wort *männlich*. Darunter schrieb sie *Kelheimer*.

»Kommen wir noch einmal zum psychischen Profil.«, fuhr sie fort.

Links neben den Kopf schrieb sie die Wörter *Dominanz*, *Macht*, *Spiel*, *Schuld* und *Inszenierung*.

Die Zuhörer nickten und murmelten mehr oder weniger zustimmend und beschrieben das letzte Blatt ihres Dossiers, auf dem sich die gleiche Darstellung befand, mit denselben Begriffen.

»Unser Täter will uns ständig aufs Neue zeigen, dass er immer Herr der Lage ist. Die variierten und für ihn sehr riskant inszenierten Morde sollen uns dabei unsere eigene Dummheit oder Unfähigkeit vor Augen führen. Er braucht die Bestätigung, dass wir ihm nicht folgen, ihn nicht fassen können. Dieser Umstand verleiht ihm Macht; eine Macht, die mit jedem Mord zunimmt. Dabei wiegt er sich dermaßen in Sicherheit, dass es ihn amüsiert, uns kleine Hinweise zu geben, über die wir uns nur noch mehr den Kopf zerbrechen. Er legt – in diesem Zusammenhang – auch großen Wert darauf, dass wir die Fälle miteinander verbinden und auf sein Konto schreiben. Daher die blauen Plastiksäcke und die Hornbrille. Ich äh … bin übrigens überzeugt davon, dass er auch den Türkisring des Opfers Stadler an sich genommen hat und bewusst zurückhält, um einen besonderen Zeitpunkt abzuwarten, in dem er sich abermals über unsere Blindheit lustig machen will …«

»Sie denken, dass er wieder zuschlagen wird?«, unterbrach sie ein Polizist in Uniform, der neben Leo Platz genommen hatte.

»Ich bin davon überzeugt.«, gab Jahn zurück.

»Lassen Sie mich noch etwas zu den Punkten *Schuld* und *Inszenierung* sagen: Die bewusste Spurenlegung des Täters beruht nicht allein auf einem sadistischen Katz-und-Maus-Spiel. Vielmehr gehe ich neben einer erheblichen Schizophrenie von einem tiefen Schuldbewusstsein aus. Der Täter bestraft. Er bestraft die Opfer – wofür, kann ich noch nicht sagen –, er bestraft uns Blindgänger und er bestraft sogar sich selbst durch die Risiken und Mühen, die er auf sich nimmt. Ein Teil seiner Persönlichkeit *will* aufgestöbert und gestoppt werden.«

Der uniformierte Polizist neben Leo tippte sich mit allen fünf Fingern an die Stirn und sah Beifall heischend zu drei ebenfalls uniformierten Kollegen hinüber, die auf der anderen Seite der langen Tischreihe saßen.

»Was für'n Irrer!«, rutschte es ihm heraus.

Julia Jahn überhörte den Kommentar und kam auf den letzten Punkt zu sprechen.

»Betrachten Sie bitte die Tatorte.«

Jetzt projizierte der Beamer die Satellitenaufnahme auf das Whiteboard.

»Und nun sehen Sie sich die Aufnahmen der Opfer an.«

Auf dem Whiteboard waren nebeneinander die Draufsichten der drei Ermordeten zu sehen.

Dem Polizisten neben Leo fuhr alle Farbe aus dem Gesicht. Mittermayr räusperte sich und tippte entnervt auf seinem Palm herum.

»Als würden sie schlafen ...«, sagte der Kelheimer Bürgermeister.

»Richtig.«, gab Doktor Jahn zurück. »Michaela Stadler wurde erdrosselt. Ihre Augen müssten demnach offen sein. Aber er hat sie ihr geschlossen. Er hat ihr sogar die Frisur gerichtet. Auch Alfons Schabmüller hat geschlossene Augen – was in seinem Fall aber auch auf das Narkotikum zurückzuführen sein könnte. Bei dem dritten Opfer können wir diesbezüglich nichts mehr feststellen. Sicher ist jedoch, dass auch dieser Tote ganz bewusst aufgebahrt wurde. Mit anderen Worten: Er präsentiert uns seine Opfer wie in einem Leichenschauhaus. Dabei ist der blaue Plastiksack weit mehr als ein Erkennungszeichen. Er wickelt seine Opfer ein, umschließt sie gewissermaßen, so dass sie ganz *in* ihm sind und er sie absolut beherrscht.«

Doktor Jahn nahm die Brille ab und räusperte sich.

»Es gibt noch eine letzte Sache, um die ich Sie bitte.«, sagte sie, während sie ihren Blick auf Leo richtete.

»Was immer Ihnen an weiteren Erkenntnissen oder Beobachtungen auffällt oder bereits aufgefallen ist – zögern Sie bitte nicht, es uns, das heißt natürlich in erster Linie Herrn Kommissar Dietz, mitzuteilen. Vielen Dank.«

Nachdem Doktor Jahn Platz genommen hatte, ergriff Leo das Wort.

»Sie sehen«, sprach er in die Runde hinein, »wie komplex dieser Fall ist und jeder kleinste Anhaltspunkt ein Mosaiksteinchen in seinem Spiel sein könnte.

Ich habe hier etwas von Doktor Akdeniz aus der Kelheimer Pathologie bekommen, was dem Fall vielleicht eine wichtige Wendung gibt. Kommen Sie bitte nach vorne, Doktor?«

Als sich der junge Arzt erhob und neben Leo stellte, fiel den meisten Anwesenden zum ersten Mal auf, wie groß er war, da er Leo um einen halben Kopf überragte.

Nun war es Julia Jahn, die den Referenten mit ihren leuchtenden Augen fixierte.

Leo trat zwei Schritte zur Seite. »Bitte, Doktor Akdeniz.«

»Nun, wie es aussieht«, begann der Doktor, »haben wir bei dem Opfer Schabmüller eine ähnliche Indikation wie bei dem Opfer Stadler. Um es kurz zu machen: Alfons Schabmüller litt an einem massiven malignen, epithelialen Ventriculustumor, will sagen Magenkrebs im finalen Stadium. Herr Schabmüller hätte mit größter Sicherheit den Winter nicht mehr überlebt.«

»Danke Doktor.« Dietz trat wieder nach vorne.

»Ja, gut.«, meldete sich der Kelheimer Bürgermeister zu Wort. »Aber Krebs haben doch viele Menschen. Fast jeder stirbt doch an einem Herzinfarkt oder an Krebs hierzulande.«

»Genau das ist der springende Punkt, Herr Bürgermeister: *stirbt* an einem Herzinfarkt oder an Krebs.«, hakte Leo ein. »Unsere Opfer ließ man eben nicht daran sterben.

Sehen Sie, Doktor Akdeniz hier und ich haben gestern Abend – oder besser gesagt gestern Nacht – den dritten Toten identifiziert.«

Abermals ging ein Murmeln durch den Raum. Selbst Mittermayr hörte auf, sein Handy und sein Palm zu bearbeiten.

Doktor Akdeniz trat neben ihn.

»Wir hatten einen jungen Tschechen im Krankenhaus. Matej Horak. Auch er hatte ein Karzinom, das ihm in diesen Tagen entfernt werden sollte: Der Mann hatte einen Gehirntumor. Er war Orchestercellist und ließ in seinem Zimmer immer einen CD-Player mit Rachmaninov laufen. Daher kannte ihn schon das gesamte Personal. Vor einer halben Woche etwa verschwand der Patient spurlos. Es war auch jemand von der Polizei da.«

Er nickte dem uniformierten Polizisten neben Leos Platz zu.

»Gestern kam mir der Einfall, das Gebiss des Toten aus dem Wald mit den Röntgenaufnahmen zu vergleichen, die wir vom Schädel des Tschechen hatten. Die Größe und Anordnung waren schon identisch, aber absolute Gewissheit gaben uns schließlich zwei goldene Backenzähne neben einem abgebrochenen, stark kariösen und wiederum einem gold verkronten Zahn. Es ist definitiv dasselbe Gebiss.

Das dritte Opfer ist Matej Horak aus Pilsen, 32 Jahre alt und ledig.«

Mittermayr steckte Palm und Handy in die Außentaschen seines Jacketts.

»Alle drei Opfer waren todkrank. So weit, so gut; das ist eine Parallele. Aber gibt es noch andere Gemeinsamkeiten? Kannten sie sich vielleicht?«

»Das wissen wir nicht.«, antwortete Dietz. »Wir können aber davon ausgehen, dass Michaela Stadler Alfons Schabmüller gekannt hat. Schabmüller war in Kelheim stadtbekannt.«

»Natürlich ist es auch möglich«, schaltete sich Doktor Akdeniz ein, »dass sich die Opfer bei diversen Untersuchungen im Krankenhaus getroffen haben. Trotzdem dürfen wir wohl ausschließen, dass sie von ihren jeweiligen Krankheiten gewusst haben. Es gibt bei uns keinen Treffpunkt oder Stammtisch für Todkranke oder so etwas.«, setzte er mit einem grimmigen Lächeln hinzu, und niemand wusste, ob das ein Scherz gewesen sein sollte oder nicht.

»Die blauen Plastiksäcke sind der Schlüssel.«, ergriff Dietz wieder das Wort.

»Das wissen wir nun ja schon, Herr Dietz.«, versetzte Mittermayr.

Leo fuhr unbeirrt fort

»Ich gebe Frau Doktor Jahn vollkommen Recht, wenn sie sagt, dass er mit dieser Ummantelung von seinen Opfern endgültig Besitz ergreift, um sie für immer in sich einzuschließen. Trotzdem«, Leo warf noch einmal das Bild mit den drei Toten an die Wand, »denke ich, dass noch mehr, weit mehr dahintersteckt.«

Alle blickten auf die Projektion und suchten nach irgendetwas, was sie vielleicht übersehen hatten.

Leo deutete mit einem Laserpointer, den zuvor Doktor Jahn benutzt hatte, auf das Photo vom ersten Tatort.

»Wasser.«, sagte er.

Dann wies er auf das nächste.

»Erde.«

Und schließlich zeigte er auf den dritten Tatort. Doch bevor er es aussprechen konnte, rief der Kelheimer Bürgermeister

»Feuer! Na, dass keinem von uns das aufgefallen ist!«

»Unser Täter hält sich, glaube ich, nicht nur für den Herrn über das Leben, sondern auch über den Tod. Er bettet seine Opfer in die Elemente, und die blauen Plastiksäcke sind die Kokons, in die er sie einspinnt, um sie tatsächlich neuem, ewigem Leben zuzuführen.«

Die schwere, schlechte Luft im Besprechungsraum erstickte die Gedanken; unausgesprochene Worte blieben kratzend im Halse stecken.

»Dann haben wir's mit so 'ner Art Hannibal Lecter zu tun?«, fragte der uniformierte Polizist.

»Nein, das glaube ich weniger.«, erwiderte Doktor Akdeniz an Leos statt. »Hannibal verachtet Menschen, unser Täter will sie erlösen. Er ist kein Misanthrop, sondern ein schizophrener Philanthrop.«

»Und ... wo ist die Luft? Ich meine, das Element Luft fehlt doch noch ...«

Man konnte dem Bürgermeister vom Gesicht ablesen, dass ihm, während er die Frage stellte, die Antwort selbst klar wurde.

»Mein Gott«, flüsterte er mehr zu sich als zu den anderen Anwesenden, »der Türkisring ...«

Der Uniformierte meldete sich wieder zu Wort.

»Spielt der Typ Schamane oder Druide oder so was?«

»Ganz genau so ist es.«

Alle drehten sich zu Doktor Jahn um.

»Herr Dietz hat ein wichtiges Puzzlestück, womöglich das wichtigste überhaupt gefunden, nämlich sein Motiv.«

»Und was ist das bitteschön?«, fragte Mittermayr, der inzwischen wieder auf seinem Palm herumtippte.

Leo schaltete den Beamer aus.

»Es geht ihm um die Auferstehung.«, antwortete Julia Jahn, nahm ihre Brille ab, klappte sie zusammen und steckte sie in ein glattes, mit feinen, goldenen Lettern verziertes Lederetui.

11.

Die Koffer waren schnell gepackt; fast zu schnell. Wie im Film, dachte sich Anna Stadler. Die plötzlich irgendjemanden verlassenden Frauen greifen zweimal in den Kleiderschrank, werfen ein Knäuel, aus dem noch zwei Plastikbügel hervorschauen, in den auf dem Bett bereitliegenden Koffer, mit dem sie dann eine Minute später in das sofort davonrasende Taxi einsteigen; den verständnislosen Mann am Treppenabsatz stehen lassend.

Nehmen diese Frauen eigentlich nie einen Kulturbeutel oder Handtücher mit? Anna musste schmunzeln und setzte sich neben ihre weiße, lederne Reisetasche auf das frisch überzogene Bett. Sie fuhr sich mit den Fingern durch das dichte Haar, atmete tief durch.

Dies hier war aber keine Hollywoodkomödie oder Telenovela. Seit Wochen hatte Anna nicht mehr als ein oder zwei Stunden Tiefschlaf pro Nacht gehabt. Die restlichen Stunden wälzte sie sich nur von einer Seite auf die andere, drohte in dem sich immer weiter zusammenziehenden, auf ihre Stirn, ihren Mund und ihre Brust drückenden, schwarzen Raum zu ersticken, dachte Stimmen zu hören und meinte, immer wenn sie sich zur Wand drehte, die kalten Blicke ihrer toten Schwester im Rücken zu spüren, die mit blauer Haut und nassen Haaren auf ihrer Bettkante saß und sie dafür anklagte, sorglos weiterzuleben und sie vergessen zu haben.

Die Alpträume, der mangelnde Schlaf und die Depressionen wären noch erträglich gewesen. Aber jener entsetzliche, sie aus dem Nichts überfallende, rasende Kopfschmerz wollte sie gänzlich um den Verstand bringen.

Anna wusste, dass sie nicht krank war, zumindest nicht körperlich. Doch als sie vor vier Tagen in Kelheim eine rote Ampel übersah und um ein Haar in eine Gruppe Fußgänger gerast wäre, sah sie ein, dass Leo Recht hatte: Sie musste fort, fort, fort.

Am darauf folgenden Tag betrat sie ein Reisebüro, das zwanzig Meter von derselben Ampel entfernt war. Als sie die Ladentür öffnete, wurde ihr Blick sofort von einem hohen, zylindrischen Weidenkorb angezogen. Er war mit weißem Sand und Muscheln gefüllt. Dahinter hing ein Plakat, auf dem ein weinrotes Holzhaus mit weißen Fenstern und grauem Dach abgebildet war. Das Haus lag an einem Fjord, der von der untergehenden Sonne wie eine heilige Schale mit goldenem Licht gefüllt wurde.

Darüber stand in weißen, kursiven Lettern

Konungariket Sverige.
Det är min tur!

Königreich Schweden.
Jetzt bin ich mal dran!

Ohne zu zögern trat Anna auf den auffallend kleinen Mann zu, dessen überdimensionale Brille und dichter Schnurrbart sich wie die Maskerade eines kleinen Jungen ausnahmen.

»Dürfte ich Ihnen behilflich sein?«, fragte der Mann mit aufrichtiger Freundlichkeit.

»Ja.«, antwortete die junge Frau auf das Plakat deutend und ließ sich dabei nicht von den Strähnen, die ihr die Wangen kitzelten, beirren.

»Ich will dahin.«

Zunächst war es Annas Plan gewesen, mit dem Zug bis Hamburg zu fahren, wo es dann mit dem Bus nach Schweden weitergehen sollte. Aber Leo hatte sie dazu überredet, bis Hamburg zu fliegen und sich angeboten, sie zum Flughafen zu fahren.

Anna zog den Reißverschluss ihrer Sporttasche zu und verließ damit das Zimmer, um jedoch auf der ersten Stufe nach unten noch einmal kehrtzumachen und die Patchwork-Tagesdecke glatt zu streichen. Dann zog sie aus ihrem Nachtkästchen einen kleinen Notizblock und schrieb ihrem Vater, der schon seit dem frühesten Morgen im Hopfengarten war, einen kurzen Abschiedsgruß.

Die A9 war wie immer überfüllt; trotzdem kamen sie gut voran.

»Ich habe dich in der Zeitung gesehen.«, sagte Anna.

»Wirklich?«

»Ja. Sie schreiben, der ermittelnde Kommissar sei ratlos. Die Polizei tappe völlig im Dunkeln. Keine Spur vom Täter. Weißt du, wie er in der *Bildzeitung* genannt wird? *Der Einschläfer.*«

»Gut.«, sagte Leo.

»Gut?«

»Mmh. Wir geben uns der Presse gegenüber ganz bewusst ratlos. Vielleicht hält er uns dann für noch dümmer, als er es ohnehin schon tut, und gibt uns noch mehr Hinweise.«

Eine kleine Weile schwiegen beide. Dann meinte Anna

»Glaubst du immer noch, dass es Daniel ist?«

Leo schnaubte nachdenklich.

»Was heißt *glauben*? Ich kann mir einerseits nicht vorstellen, dass er so perfide und durchtrieben ist, weil ich ihn eigentlich für einen ganz netten Kerl halte. Obwohl er höchstwahrscheinlich davon ausgeht, dass ich persönlich etwas gegen ihn hätte; Eifersucht oder so.«

Mist! Das war ihm rausgerutscht. Leo biss sich auf die Unterlippe und hoffte, während er fühlte, wie ihm die Röte über das Genick in die Wangen schoss, dass Anna gerade zum Beifahrerfenster hinaussah. – Das tat sie nicht.

»Äh … Andererseits finden sich etliche Charakteristika unseres Täterprofils bei ihm wieder – aber auch nicht alle, muss ich zugeben.«

»Daniel hat seine Ecken und Kanten. Aber ein Mörder ist er nicht. Nun ja, manchmal ist er irgendwie in sich gekehrt, fast scheu, könnte man sagen. Er ist praktisch ohne Eltern aufgewachsen, die – ich glaube, als er noch ein Baby war – bei einem Verkehrsunfall ums Leben gekommen sind. Und dann natürlich die Sache mit seinem Bruder.«

Leo zog verwirrt die Augenbrauen nach oben.

»Was für eine Sache?«, fragte er.

»Komm schon! Das habt ihr doch bestimmt schon alles durchleuchtet. Ich meine das mit seinem Zwillingsbruder.«

Leo ließ für einen kurzen Augenblick beide Hände vom Lenkrad gleiten.

»Was denn für ein Zwillingsbruder? Das mit dem Unfalltod der Eltern wusste ich. Aber von einem Zwillingsbruder habe ich noch nie etwas gehört. Ehrlich!«

Anna klappte ihr Brillenetui auf und zu.

»Christian. Er ist der Zweitgeborene, glaube ich. Als er so elf oder zwölf war, stellten die Ärzte einen rapiden Muskelschwund fest. Die Krankheit schritt rasend schnell voran. Zweimal rechneten alle schon mit dem Schlimmsten. Aber Christian hat sich immer wieder erholt. Er hat einen ziemlich starken Willen, weißt du.«

»Mmh. Wo ist er? In Kelheim?«

»Nein, im Allgäu in einer Spezialklinik, in der er auch seinen Schulabschluss nachholen kann. Christian kann sich zwar nicht mehr ohne fremde Hilfe bewegen, doch geistig ist er völlig da und enorm fit.«

Leo begleitete Anna noch zur Gepäckaufgabe, und zusammen tranken sie in einem Flughafenlokal mit Biergartenatmosphäre einen Cappuccino. Vor ihrem Gate verabschiedete sich Anna von Leo und bedankte sich für die Fahrt. Leo wünschte ihr eine erholsame Zeit, dann zog er etwas aus der Jackentasche. Es war ein kleines Büchlein, eine Gedichtsammlung mit dem Titel

Verweile doch…

Reisegedanken.

Leo kratzte sich verlegen hinter dem Ohr.

»Ich dachte … äh … vielleicht hast du da oben ja ein bisschen Zeit und magst …«

Anna ließ ihn nicht ausreden. Stattdessen sagte sie

»Das ist total lieb von dir. Ich mag gerne Gedichte. Vielen Dank.«

Dann gab sie ihm einen Kuss und verschwand, noch ehe Leo sich darüber klar wurde, was geschehen war, durch ihr Gate. Zum ersten Mal seit Monaten verspürte Leo eine Heiterkeit, die ihn für einen kurzen Augenblick die Sorgen um seinen kranken Vater und die Jagd nach dem Einschläfer vergessen machte.

12.

Wie kann man nur so bescheuert parken, dachte sich Leo, als er den Defender am Domplatz abgestellt hatte und einen großen, dunkelblauen, japanischen Familienkombi sah, der zwei Parklücken für sich beanspruchte. Wie zur Antwort auf seine Gedanken öffneten sich gleichzeitig die Fahrer- und die Beifahrertür.

»Leo!«

Die Jeanslatzhose spannte sich über Brigittes drallem Bauch. Sie strich sich mit der flachen Hand darüber und sagte

»Ich wollte dich die ganze Zeit schon anrufen, aber … um ehrlich zu sein: Du kennst mich ja …«

»Ich … nein, das ist okay so. Jetzt habe ich dich ja getroffen. Wie weit bist du denn schon?«

»Wir sind im siebten Monat.«, verkündete Olaf stolz und legte seine lichten Haare am Hinterkopf zurecht.

»Es wird ein Mädchen.«, fügte er hinzu.

»Wir wollen sie Kimberly nennen.«, ergänzte Brigitte. »Wie findest du den Namen?«

»Klasse!«, log Leo.

»Du, wir müssen jetzt den Babysitz besorgen. Das Geschäft macht in einer halben Stunde zu. Du bist doch nicht böse, wenn wir …?«

»Ich muss auch weiter.«, gab Leo zurück. Er hoffte, Brigitte würde nicht die Erleichterung aus seiner Stimme heraushören.

»Also, dann bis zum nächsten Mal.«, sagte er und machte sich in der entgegengesetzten Richtung davon, als er eigentlich vorhatte.

»Tschü.«, rief ihm Olaf hinterher.

Julia und der Pathologe warteten schon in dem Café am Haidplatz. Sie aßen riesige Eisbecher und waren in eine offensichtlich sehr anregende Unterhaltung vertieft.

»Julia, Doktor Haas.«

Leo trat an den Tisch heran und reichte seiner jungen, wie gewohnt perfekt gestylten Kollegin und dem wie immer ein zynisches Lächeln im akribisch gestutzten Bart tragenden Arzt die Hand.

»Zunächst einmal vielen Dank für Ihre Bereitschaft mitzukommen.«, begann Leo, nachdem er sich gesetzt und einen Eiskaffee bestellt hatte, den ihm eine dunkelhaarige, italienische Schönheit mit grünen Katzenaugen, in die halb Regensburg vernarrt war, brachte.

»Ich würde vorschlagen, wir fahren erst am Montag. Morgen und am Sonntag könnte Daniel Schneider seinen Bruder besuchen wollen und dann wären wir umsonst ins Allgäu gefahren. Denn Schneider soll natürlich nichts von unserer Aktion erfahren.«

Julia und Doktor Haas nickten zustimmend.

»Was genau möchten Sie in der Klinik feststellen?«, fragte der Pathologe.

»Zwei Dinge. Erstens will ich, dass Doktor Jahn sich ein Bild über die emotionale Bindung der Brüder zueinander macht. Ich möchte wissen, ob Daniel – ich weiß, das klingt ein bisschen nach Doktor *Jekyll und Mister Hyde* – möglicherweise eine Ersatzrolle für all das spielt, dessen sein kranker Bruder nicht fähig ist.«

»Du meinst, er identifiziert sich zum Teil mit seinem Bruder, worin seine Schizophrenie begründet sein könnte.«, ergänzte Julia.

»Richtig.«, nickte Leo.

»Und zweitens?«, fragte Doktor Haas.

»Das Zweite betrifft natürlich Sie, Doktor Haas. Ich möchte von Ihnen eine ganz konkrete Diagnose.«

»Das bedeutet?«

»Sagen Sie mir definitiv, ob Christian Schneider in absehbarer Zeit sterben wird.«

Doktor Haas hatte natürlich ohne zu zögern angeboten, seinen Mercedes zu nehmen, als Leos Wagen eine Stunde vor der vereinbarten Abfahrt liegen blieb und in die Werkstatt geschleppt werden musste. Doch spätestens auf der Bundesstraße 300 Richtung Augsburg bereute Leo seine Zusage. Haas war der rasanteste und risikofreudigste Fahrer, in dessen Fahrzeug er je gesessen hatte. Wenn er die LKWs, deren nicht wenige auf der Bundesstraße unterwegs waren, überholte, scherte sich der Doktor nicht im Geringsten um Überholverbote, Geschwindigkeitsbegrenzungen oder gar den Gegenverkehr. Einmal war es so knapp, dass sich Leo schon in einer zerquetschten Havarie eingeklemmt sah, aus der die Feuerwehrleute nur noch ihre leblosen Körper herausschneiden konnten. Weshalb dennoch nichts geschah, schrieb Leo mehr dem puren Zufall als den Fahrkünsten des Pathologen zu.

Die Klinik hätte die ideale Vorlage für eine Vorabendserie abgeben können.

Sie lag in sanfte, grüne Wiesenhügel eingebettet, auf denen prächtige Kühe weideten oder müßig im Schatten der ausladenden Linden und Kastanienbäume lagen, wo sie sich vor der prallen Julisonne schützten. Wenn sie mit ihren Schwänzen die Fliegen vertrieben, sah es aus, als ob sie sich gemächlich frischen Wind zufächerten.

Auf den ersten Blick hätte man die Klinik für ein Luxushotel halten können. Auf den mit dunklem Holz verkleideten Balkonen standen himmelblaue Sonnenschirme und Liegen. Auch die Empfangshalle nahm sich wie eine Hotelrezeption aus. Hinter einer gewagt geschwungenen Theke aus edlem Tropenholz standen eine junge, dunkelhäutige Frau und ein ebenso junger, leicht dicklicher Mann, die in ihren schwarzen Anzügen eher wie Bankiers als wie Klinikmitarbeiter aussahen.

»Wenn ich nicht draußen schon einige Pfleger mit Patienten in Rollstühlen gesehen hätte und da vorne am Lift nicht die zwei Frauen in den weißen Kitteln stünden«, flüsterte Julia, »würde ich sagen, wir sind hier falsch.«

Sie gingen an die Rezeption.

»Grüß Gott.«, begrüßte sie die dunkelhäutige Frau.

»Was kann ich für Sie tun?«, erkundigte sie sich mit automatisch aufgesetztem Lächeln.

»Grüß Gott.«, erwiderte Leo. »Wir möchten gerne Herrn Christian Schneider besuchen. Mein Name ist Dietz von der Kriminalpolizei Regensburg. Ich habe am Freitag hier angerufen.«

Das Lächeln verschwand.

»Einen Moment bitte.« Die junge Frau tippte auf drei oder vier Tasten des hinter der Theke versteckten Computers und sagte dann

»Zimmer 214. Wenn Sie den Aufzug gleich hier vorne nehmen; zweiter Stock rechts, den Gang hinter, wieder rechts, durch die Glastür, auf der linken Seite.«

Als sie die Glastür öffneten, sahen sie, wie eine Krankenschwester mit einem Arm voll Bettwäsche aus Zimmer 214 kam.

Die drei Besucher tauschten vielsagende Blicke und beschleunigten ihre Schritte.

Das Zimmer war leer.

»Wo ist der Patient aus 214?«, fragte Doktor Haas die Krankenschwester, die gerade den Aufzug geholt hatte.

»Sind Sie Angehörige?«

»Nein.«

Leo zeigte ihr seinen Dienstausweis.

»Wir sind von der Kriminalpolizei. Was ist mit Herrn Schneider?«

»Die Krankenschwester sah sich den Ausweis sehr genau an.« Dann sagte sie

»Herr Schneider liegt seit Samstagabend auf der Intensivstation. Er hatte einen Anfall, den schlimmsten bis jetzt. Die Nachtschwester machte ihren Kontrollgang und fand ihn bewusstlos in seinem Bett; und wir wissen noch nicht, ob er durchkommen wird.«

»Wo ist die Schwester jetzt?«, fragte Doktor Jahn.

»Warten Sie.« Die Krankenschwester zog ein kleines Handy aus ihrem Kittel.

»Ja, hier Karin. Ist Hannelore noch im Haus? In der Mittagspause? Ach, sie kommt gleich … gut, schick sie bitte auf die Zwei, wenn sie zurück ist. Ja, danke. Servus.«

Dann wandte sie sich an Julia.

»Schwester Hannelore ist gleich hier.«

»Gut.«, sagte Leo. »Können wir bis dahin das Zimmer sehen?«

»Natürlich.«

Das Zimmer sah für ein Krankenzimmer recht wohnlich aus. In Regalen türmten sich unzählige Bücher, an der Wand hingen Naturpanoramen und Fotografien, die vornehmlich Christian mit seinem Bruder Daniel zeigten.

Natürlich war die Ähnlichkeit nicht zu übersehen. Nur hatte Christian kaum mehr Haare und sein Gesicht wirkte neben dem von Daniel irgendwie verzerrt.

»Was ist das?«, fragte Leo und zeigte auf einen blauen Apparat, an den eine Metallflasche und ein Plastikschlauch mit einer Atemmaske angeschlossen waren.

»Ein Beatmungsgerät.«, antwortete Doktor Haas.

»Herr Schneider hat manchmal Atemnotattacken, wie ein Asthmatiker.«, schaltete sich die Krankenschwester ein. »Seine Lungen sind von Geburt an zu schwach ausgebildet gewesen, sodass sie den Körper schon bei kleineren Anstrengungen nicht genügend mit Sauerstoff versorgen können. Wenn dann der Patient noch aus Panik hyperventiliert, ist so eine Attacke unausweichlich.«

Leo sah Julia an, die nur eine Sekunde vor ihm aussprach, was er auch dachte

»Luft!«

»Hä?«, fragte Doktor Haas.

»Verstehen Sie denn nicht, Doktor Haas«, rief Julia, »das vierte Element; das ist das vierte Element. Der Einschläfer!«

»Oh scheiße!«, murmelte der Pathologe.

»Wissen Sie, ob sein Bruder am Wochenende hier war?«, fragte Julia Schwester Karin.

Sie zuckte mit den Schultern und antwortete

»Nein, tut mir Leid. Ich habe erst wieder seit heute Morgen Dienst.«

Leo hatte indes sein Handy aus der Jackentasche gezogen und die Nummer der Kelheimer Polizeiwache gewählt.

»Hier Dietz. Sagen Sie, hat sich Daniel Schneider am Wochenende gemeldet und gesagt, dass er seinen Bruder im Allgäu besuchen wolle? Ja? Okay, danke. Nein, warten Sie.

Überprüfen Sie, ob er in Kelheim ist. Wenn nicht, müssen wir eine Fahndung rausgeben. Aber rufen Sie mich vorher zurück. Danke.«

In diesem Augenblick erschien Schwester Hannelore, eine füllige Frau in den Endfünfzigern. Sie war etwas außer Atem und schien auf den Besuch vorbereitet zu sein.

»Können wir den Patienten sehen?«, fragte Doktor Haas.

»Ja, sehen schon. Aber Sie dürfen noch nicht mit ihm sprechen. Abgesehen davon, dass ihm ein Narkotikum verabreicht wurde, wäre jede Aufregung für ihn lebensbedrohlich.«

»Vielen Dank, Schwester.«

Man konnte Doktor Haas ansehen, dass ihm die Belehrung von Schwester Hannelore sauer aufstieß, aber er sagte nichts.

Nachdem sie durch eine Glasscheibe hindurch einen Blick auf den Patienten werfen konnten, ließ sich Doktor Haas die Krankenakte bringen. Dann suchte er, während Julia und Leo schon einmal zum Auto gingen, den äußerst mürrischen Chefarzt auf, der sich nur ungern bei seinem Nachmittagstee stören ließ, und ließ sich alles berichten, was dieser über den Patienten Christian Schneider wusste – viel war es leider nicht.

Auf der Rückfahrt nach Regensburg saß Leo im Fond und versuchte, die Puzzlestücke zusammenzusetzen. Alles passte zusammen: das vierte Element, die schwere Krankheit des Bruders, nur der blaue Plastiksack und der Türkisring fehlten, die Schneider vermutlich aus Zeitgründen oder aus Furcht entdeckt zu werden, nicht mehr hatte hinterlegen können.

Als Doktor Haas den Mercedes auf die Regensburger Autobahn lenkte, auf einhundertachtzig beschleunigte und sofort nach der Auffahrt auf die linke Spur schoss, wich plötzlich ein vollgepackter VW-Bus einem überholenden LKW aus und wechselte ohne zu blinken auf dieselbe Spur. Haas machte eine Vollbremsung, riss das Lenkrad herum und zog auf der mittleren Spur zwischen VW-Bus und LKW hindurch vorbei.

»Oh mein Gott.«, rief Julia atemlos. »Mir ist fast das Herz stehen geblieben.«

»Mir auch.«, sagte Leo. »Aber Ihre Reaktion – alle Achtung!«

»Tut mir Leid, wenn ich Ihnen einen Schreck versetzt habe.«, meinte der Doktor ruhig.

»Aber ich habe mir«, sein Lächeln war nicht zu deuten, »schon lange eine gewisse Kaltblütigkeit beim Autofahren angeeignet. Wenn es sein soll, dann soll es eben sein, sage ich mir immer.«

»Nun ja, die Einstellung kann man durchaus haben.«, erwiderte Julia.

»Aber – ich möchte Ihnen da wirklich nicht zu nahe

treten – wenn Sie vielleicht etwas langsamer gefahren wären …«

Leo fürchtete, das Gespräch könnte eine unangenehme Wendung nehmen, aber Doktor Haas entgegnete dem Vorwurf mit Charme.

»Sicher. Da haben Sie wohl Recht. Sagen Sie mir nur, wenn ich zu schnell fahre. Ich bin es nicht gewohnt, Mitfahrer zu haben, und auf mich selbst gebe ich nicht so sehr Acht.«

Und nach einer kleinen Gesprächspause griff er das Thema noch einmal auf.

»Aber lassen Sie mich noch etwas zum langsameren Fahren sagen. Sie wissen vielleicht von Doktor Akdeniz oder anderen Kollegen, dass ich Witwer bin. Und eins kann ich Ihnen verraten: Als ich vor vierzehn Jahren mit meiner Frau und meiner kleinen Tochter, die erst zwölf Jahre alt war, in der Normandie von einem betrunkenen LKW-Fahrer überrollt wurde, meine Familie verlor und selbst fünf Wochen im Koma lag, da, Frau Doktor Jahn, war ich langsam gefahren.«

Julia und Leo schwiegen betreten.

»Seitdem ist mir egal, was mit mir im Straßenverkehr passiert.«

Dann sah Haas lange, zu lange, zu Julia hinüber.

»Trotzdem entschuldige ich mich noch einmal für meine Rücksichtslosigkeit Ihnen und Herrn Dietz gegenüber. Vielleicht kann ich es mit einem Kaffee und einem Stück Kuchen in einem wunderbaren Bistro in Abensberg wieder gutmachen.«

Kurz vor Abensberg läutete Leos Handy.

»Polizeistation Kelheim. Hören Sie? Daniel Schneider befindet sich nicht zu Hause. Sollen wir die Fahndung rausgeben?«

»Ja.«, antwortete Leo entschieden. »Außerdem brauchen wir einen Haftbefehl. Der Mann wird gesucht wegen dreifachen Mordes sowie schwerer Körperverletzung beziehungsweise Mordversuchs.«

13.

Der Zufall, dachte er, ist eine Größe, deren Potenz man niemals unterschätzen dürfte. Natürlich waren die Dinge vorbestimmt, so wie sie abliefen und so, wie sich eines zum anderen fügte. Doch auch ihm unterliefen Fehler, wenn er den Zufall nicht berücksichtigte. Dass Christian jetzt auf der Intensivstation lag und mit dem Tode rang, war so nicht geplant gewesen. Diese Schwebe zwischen Leben und Tod war ihm unerträglich. Er hatte den Türkisring nicht hinterlegt, ganz zu schweigen von dem blauen Plastiksack, in den er sie alle einbettete und in den Schlaf wiegte. Er sang ihnen immer ein Lied und sie schlummerten so friedlich wie nie zuvor, als sie noch zu den Lebenden zählten. Dabei waren sie doch nicht tot; konnte das denn niemand verstehen? Sah denn keiner, dass sie erst jetzt wirklich lebten, dass er sie hinübergetragen hatte in unendliche Glückseligkeit, in eine Welt fernab jeder Angst, jeden Schmerzes und jeder Trauer? Warum nur sahen sie es nicht?

Den Kommissar hatte er eigentlich für klüger gehalten und noch viel mehr diese Polizeipsychologin, die ihre Intelligenz so geschickt hinter ihrem püppchenhaften Äußeren versteckte. Wie dem auch sei – etwas galt es noch zu tun, bevor das Ende käme. Sie würden ihn finden, wie alle seine Auserwählten im blauen Plastiksack, den Türkisring in der Hand. Vielleicht würden sie nicht gleich verstehen, was vollbracht worden war, aber irgendwann später würden sie herausfinden, wer der wirkliche Einschläfer war.

Er wusste nicht, was die Runen und Zeichnungen bedeuteten, die in die Felswand eingraviert waren, noch wusste er, wie alt sie waren. Aber er spürte ihre Kraft und Energie, was gut war, sehr gut für den Übergang. Die Höhle war nicht groß, nur etwa drei mal zwanzig Meter. Auch das war gut. Er hatte nicht einmal das Licht der Enduro einschalten müssen, um sie zu beleuchten. Denn es war Vollmond und die Runen glänzten, als leuchteten sie durch eine geheimnisvolle Kraft von innen heraus.

Der Kreis schließt sich nun, dachte er sich. *Auch wenn dies noch nicht das Ende ist.*

Die Holzpforte hatte er aufbrechen müssen, aber das war ein Kinderspiel gewesen. Schnell war der Saugschlauch an den Auspuff angeschlossen und die aufgebrochene Pforte wieder verriegelt und mit Strukturklebeband abgedichtet. Der Kopf und die ausgebreiteten Oberarme schauten aus dem blauen Plastiksack heraus, wie aufgebahrt, auf den ewigen Schlaf wartend. Jede Faust umschloss einen Ring; die rechte den silbernen Verlobungsring und die linke den Türkisring. Noch ein wenig, dann würde er hinübergleiten und sich mit den Anderen verbinden. Er würde Michaela wieder sehen, die nun nicht mehr an Bauchspeicheldrüsenkrebs litt, würde leben und frei sein für immer. Dann wurde die Luft dünner und seine Gedanken wurden müde.

14.

Erna Dietz hatte das ganze Haus geputzt, den Rasen hatte Leo mähen müssen und in der Küche duftete es nach gedecktem Apfelkuchen. Als sie dann endlich vor der Tür standen, war sie nervös wie ein verliebter Teenager vor dem ersten Rendezvous. Ein halbes Jahr hatte sie sich allein in dem großen Ehebett von einer Seite auf die andere gedreht, sonntags nur für sich, manchmal auch für Leo, gekocht und beim Frühstück auf den leeren Platz mit der ungelesenen Tageszeitung gestarrt. Als sie zur Tür hinaus eilte, bemerkte sie aber nur Leo, der die Taschen aus dem Auto lud. Gerade wollte sie ihn besorgt fragen, wo er denn seinen Vater gelassen hatte, als sie die vertraute Stimme ihres Mannes hinter sich hörte. Mit dem schwarzen Gehstock, den er seit seiner Entlassung aus dem Krankenhaus mit sich führte, zeigte er auf das Schild im Fenster.

»Entschuldigen S', schöne Frau, ist bei Ihnen vielleicht noch ein Zimmer frei?«

Später, beim Apfelkuchen, beobachtete Erna ihren Mann. Sie hatte ihn natürlich jeden Tag besucht, als er noch in Regensburg und anschließend in Kelheim im Krankenhaus lag. Doch zur Rehaklinik im Bayerischen Wald konnte sie es, ob mit Leo oder alleine, beileibe nicht öfter als einmal in der Woche schaffen.

Nun saß er ihr auf der Terrasse gegenüber, die er selbst noch im vorigen Herbst gefliest und mit einer Holzpergola versehen hatte, und sie fragte sich, ob er noch der Gleiche sei oder ob sich etwas an ihm seit den Krankenhausaufenthalten ihr entfremdet haben könnte.

Tatsächlich stockte er bisweilen und schien nach bestimmten, oft belanglosen Wörtern zu ringen, aber die Art, wie er seinen Kaffee schlürfte – der ihm natürlich wie immer zu heiß war – und wie er dabei genüsslich den Blick über ihrer beider Garten schweifen ließ, brachte Erna ihren Mann endgültig nach Hause zurück.

Die Zeit stand für Erna Dietz an jenem Augustnachmittag still. Es war vielleicht sogar das erste Mal in ihrem Leben, dass sie nicht an morgen dachte, nichts plante, nichts vorbereitete. Sie genoss den Augenblick und fand, sie hatte noch nie in ihrem Leben ein lieblicheres Geräusch als das Klirren des Kaffeegeschirrs gehört und noch nie einen schöneren Anblick genossen als die fünf oder sechs kleinen, dunkelroten Äpfel, die vom Baum gefallen waren und wie kleine Kunstwerke auf dem frisch gemähten, herrlich duftenden Gras lagen.

Sie wusste nur zu gut um die Vergänglichkeit eines solchen Nachmittags, aber das war ihr gleichgültig. Dass sie hier wieder sitzen konnten und sie ihren Mann und ihren Sohn mit ihrem Apfelkuchen verwöhnen durfte, sah sie nach allen gesundheitlichen Strapazen, die ihr Mann in den letzten Monaten auf sich hatte nehmen müssen, irgendwie als eine zweite Chance, und das war wohl der Grund für diese Stimmung, die ihr zwar äußerst ungewohnt anmutete, derer sie sich aber auch irgendwie nicht entziehen wollte.

Nachdem man sich eine Weile über die weitere Nachsorge unterhalten hatte und Leo seinem Vater eine befreundete Logopädin empfohlen hatte, läutete Leos Handy.

»Hallo Leo, hier ist Anna.«

Erna stupste ihren Mann in die Seite, der seinerseits Leos Aufsprung und freudiges *Anna!* Mit einem breiten Grinsen quittierte.

Leo ging in den Garten hinunter und setzte sich auf die Friesenbank, die unter dem riesigen, knorrigen Birnbaum stand.

»Wann kommst du?«, fragte er.

»Morgen. Leider. Es war viel zu kurz. Ich könnte es hier gut noch ein paar Wochen aushalten. Aber ich glaube, ich habe wieder ganz gut zu mir gefunden. Und weißt du was – ich schlafe wie ein Murmeltier.«

»Spitze. Siehst du, du hättest das schon viel früher machen können.«

»Ja, ich weiß. Auf jeden Fall hat's mir gut getan. Ich wollte dir nur sagen, dass alles schön war und ich eben morgen wieder komme.«

»Ich hole dich natürlich ab.«

»Das brauchst du nicht.«

»Keine Widerrede. Wann bist du in München?«

»Schon um Viertel nach neun. Also gut … ehrlich gesagt: Wenn du wirklich Zeit hast, würde ich mich schon freuen.«

»Ich bin auf jeden Fall da und … freu' mich schon.«

»Ich mich auch, Leo. Bis morgen dann.«

Als Anna am nächsten Tag die Milchglaspforte von den Gepäckbändern zur Wartehalle durchschritt, war Leo nicht der einzige Mann, den ihr Anblick gefangen hielt. Sie trug enge Jeans, weiße Sandalen und ein weißes T-Shirt, was einen peppigen Kontrast zu ihrer braun gebrannten Haut gab. Ihr Haar wallte wie immer energisch um ihre Schultern und wurde lediglich durch eine schmale Sonnenbrille mit rotbraunen Gläsern, die sie oberhalb der Stirn trug, gebändigt.

Vor ihr, auf dem Kofferkuli, saß ein kleiner, weißer

Plüschelch mit einem braunen Geweih und einer knallroten Schleife um den Hals.

Weder Anna noch Leo zögerte oder dachte länger nach. Sie umarmten und drückten einander und plötzlich küssten sie sich – so lange, bis eine Urlauberin aus derselben Maschine versehentlich Leo mit ihrem Kofferkuli über den Fuß fuhr.

»Der ist für dich.«, lachte Anna und drückte Leo den kleinen Elch in den Arm.

»Ich finde, der passt irgendwie zu dir und deinem Defender.«

Nachdem Leo sein Ticket in den Kassenautomaten vor der Parkgarage gesteckt hatte und in etwa den Wert eines kleinen Mittagessens losgeworden war, lenkte er seinen Wagen in den Kreisverkehr, der sich vor der Parkanlage befand. Abgelenkt durch den kleinen Plüschelch, der wie eine Galionsfigur auf dem Armaturenbrett thronte und sich dabei wohlig ans Tomtom lehnte, verpasste er die richtige Ausfahrt und musste notgedrungen eine zweite Runde drehen.

»Nein, fahr hier raus, Leo.«, rief Anna plötzlich und zeigte auf die Ausfahrt mit dem Schild *Freising*.

Keiner von beiden hatte so rechte Lust, nach Kelheim zurückzukehren, in den Alltag, in die Trauer, ins Gestern. Also kam man sich schnell überein, einen Abstecher nach Weihenstephan zu machen, wo es einen Waldbiergarten gab, in dem man Livemusik und die sensationellsten Spareribs in ganz Bayern bekam.

Anna fischte das eingeschweißte Reinigungstüchlein mit Zitronenduft aus dem Brotkorb und wischte sich damit die Finger ab. Sie hatte ihre Sonnenbrille aufgesetzt und ihre Haare zu einem Pferdeschwanz zusammengebunden.

»Du hast mir am Telefon gesagt, dass es jetzt tatsächlich Daniel gewesen sein soll und du eine Fahndung herausgegeben hast.«

Leo nickte – er hatte gerade ein großes Stück von seiner Breze abgebissen – und versuchte, ihre Augen hinter den dunklen Gläsern zu sehen.

»Ja, es tut mir Leid. Aber er hat wohl letztendlich auch noch versucht, seinen eigenen Bruder aus dem Weg zu räumen. Seitdem ist er flüchtig.«

Anna schüttelte den Kopf.

»Das passt einfach alles nicht zu Daniel, vor allem das mit Christian. Du kannst dir keinen fürsorglicheren Bruder vorstellen als ihn. Christian hat ihm alles bedeutet. Ich meine, ich kann mir einfach nicht erklären, dass jemand so krank im Kopf ist und das alles so überspielen kann. Aber andererseits kann ich auch nicht gegen die Expertenmeinungen deiner Kollegen ankommen.«

Leo nahm einen Schluck Dunkelbier.

»Ich hätt's ihm auch nicht zugetraut. Aber in meinem Job verliert man mit der Zeit das Vertrauen in seine eigene Menschenkenntnis.«

»Aber weshalb hat er es getan? Meinst du, er konnte es irgendwie nicht verkraften, so früh seine Eltern verloren zu haben und dann herauszufinden, dass die zwei Menschen, die er am meisten liebt, tödlichen Krankheiten zum Opfer gefallen sind?«

»So oder so ähnlich muss es wohl gewesen sein.«, meinte Leo schulternzuckend.

»Wobei ich davon überzeugt bin, dass erst die fürchterliche Diagnose bei Michaela diese Lawine in ihm ausgelöst haben wird. Aber wie dem auch sei: Jetzt müssen wir ihn unbedingt stoppen, bevor er seinen rituellen Kreis mit einem vierten Opfer beschließen kann.«

Das Gespräch wurde von einem vielleicht anderthalbjährigen Jungen in einer kurzen, gestreiften Latzhose mit kurzen, blonden Haaren unterbrochen. Er stützte sich mit einem Arm auf Annas Schenkel ab, während er in der anderen Hand einen kleinen Hubschrauber hielt, den er ihr mit stolzem Gebrabbel präsentierte. Sogleich erschien seine Mutter, eine kleine Frau mit schwarzen, kurz gestutzten Locken und fragte mit deutlich spanischem Akzent, ob der Kleine auch nicht zu aufdringlich geworden sei. Dann sprach sie ein paar Worte auf Spanisch und das Kind hopste mit beiden Beinen gleichzeitig in Richtung Schaukel davon.

Anna und Leo schauten dem hüpfenden Kind nach. Keiner von beiden wollte das vorige Gesprächsthema wieder aufgreifen und so standen sie schließlich auf, gingen zum Defender und Leo startete den Motor.

In eben dieser Sekunde läutete sein Handy.

»Dietz? Ah ja. Grüß Gott. Was? Sie haben … Moment mal bitte.«

Er nahm kurz das Handy vom Ohr. Dann sagte er zu Anna

»Das ist die Kelheimer Polizei. Macht es dir etwas aus, wenn du fährst? Ich habe nämlich kein Headset oder so. Und das hier ist sehr wichtig: Sie haben Daniel Schneider.«

Sie tauschten schnell die Seiten und Leo hob das Mobiltelefon wieder ans Ohr.

»Okay, hier bin ich wieder. Sie haben ihn … ja, schon klar, ich habe die Fahndung ja selber rausgegeben. Was sagen Sie? Er ist … Sind Sie sich ganz sicher, dass er es selbst ist? Ja? Scheiße! Das habe ich nicht kommen sehen!«

Leo schlug sich mit der Faust auf den Schenkel.

»Hören Sie, ich komme. Ich bin sowieso auf dem Weg nach Kelheim. Ja, in etwa einer Dreiviertelstunde bin ich da. Wie? Ja, ich kenne das Schulerloch, ja, das kleine auch. Bis dann. Wiederhören.«

Leo sah Anna an. Sie sagte nichts, sie wirkte angestrengt, schien sich auf den Verkehr zu konzentrieren. Er strich ihr eine Haarsträhne aus der Wange und fuhr mit seinen Fingern über ihre rechte Hand, die den Ganghebel so fest umschloss, dass an ihrem Handrücken feine, blaue Adern hervorquollen.

»Es ist vorbei, nicht wahr?«, fragte Anna, den Blick fixiert auf das Fahrzeug vor ihnen.

»Ja, das ist es.«, sagte Leo leise.

»Daniel ist tot, oder?«, fragte Anna mit belegter Stimme weiter.

»Ja.«

»War er es selbst oder ist es irgendwie bei der Festnahme passiert?«

»Bei der...? Du meinst, dass ihn unsere Leute erschossen haben oder so. Nein, er war es selbst. Daniel hat sich selbst gerichtet und so den Kreis geschlossen.«

Leo hatte vergessen, dass Anna ja gar nichts von dem Elementenkreis wusste, den der Mörder um seine Opfer gezogen hatte. Nur dass der Einschläfer an sich selbst das vierte Element erfüllen wollte, diese Wendung hatte Leo nicht bedacht. Er würde Anna alles erzählen; von den Expertisen und den Profilen, von der Bedeutung der blauen Plastiksäcke und auch von allem anderen. Aber das hatte Zeit. Denn nun war es vorbei. Er hatte den Mörder von Michaela Stadler, Alfons Schabmüller und Matej Horak zwar nicht fassen können, aber der Einschläfer war seinen Opfern gefolgt, was für Anna wohl kein Trost war, da sie

Daniel immer gemocht hatte; aber vielleicht konnten zumindest sie und ihr Vater nun endlich ein kleines Stückchen Seelenfrieden finden und so weit wie möglich wieder so normal zu leben, wie sie es vor dem Einschläfer getan hatten. Ja, nun war es wirklich vorbei.

Anna stellte den Defender auf dem Besucherparkplatz ab. Von den Reisebussen, PKWs und Motorrädern, die man sonst hier vorfand, war nichts zu sehen, da gleich in der Einfahrt des Parkplatzes ein Streifenwagen stand und die Polizisten den Touristen mitteilten, dass heute wegen einer Untersuchung leider kein Besuch des Schulerlochs möglich war. Die Tropfsteinhöhle, von der es hieß, dass sie einstmals als keltische Druidenschule gedient haben soll, lag in einem Südhang des Altmühls zwischen Essing und Kelheim in dichtem Mischwald versteckt. Man musste, um zu ihr zu gelangen, einen zwar gesicherten, dennoch recht steilen Weg erklimmen, der den Besucher durch einen düsteren Wald hinaufführte. Die Spannung, die sich beim Annähern an diesen mystischen Ort Schritt für Schritt, Meter um Meter aufbaute und noch mehr durch Atemlosigkeit und dunkle Baumphantasmen verstärkt wurde, war greifbar, wie der klebrige, die Stechmücken anziehende Schweiß. Vom Tal aus konnte man lediglich ein kleines Häuschen ausmachen, das sich wie ein Kirchlein ausnahm, das man durch waghalsige Handwerkskunst auf einen Felsen gepflanzt hatte.

Leo hatte gar nicht erst versucht, Anna dazu zu überreden, im Wagen zu warten. Er fand auch, dass sie irgendwie ein Recht hatte zu sehen, dass der Kreis tatsächlich geschlossen war und der Mörder ihrer Schwester niemandem mehr etwas tun konnte.

Ohne ein einziges Wort darüber zu verlieren, stiegen er und Anna Hand in Hand den Weg hinauf, der bereits von so vielen Touristenfüßen betreten worden war, dass die hölzernen Querbalken, die den Tritt sichern und den Weg vorm Abrutschen bewahren sollten, ganz speckig glänzten. Natürlich gab es auch eine, den Touristen weniger bekannte Straße herauf, mehr eine Piste eigentlich, über die der Kiosk oberhalb der Höhle beliefert werden und notfalls auch ein Krankenwagen zum Schulerloch hin finden konnte. Auch Schneider musste mit dem Motorrad diese Straße heraufgekommen sein, wobei er mit seiner Geländemaschine vermutlich auch keine größeren Probleme auf dem Fußgängerweg gehabt haben dürfte.

Er hat sich wirklich immer beeindruckende Kulissen für seine Todesinszenierungen ausgesucht, dachte sich Leo, als sich der Weg zwischen zwei Felsformationen durchzwängte und den Blick auf den Eingang des großen Schulerlochs freigab. *Wie der Eingang zur Unterwelt*, ging es ihm durch den Kopf und er musste an *Orpheus und Eurydike* denken. Einige Schritte von dieser Pforte entfernt befand sich das kleine Schulerloch, eine Höhle, die kaum größer als ein Kellergewölbe war und nur selten der Öffentlichkeit zugänglich gemacht wurde. Für gewöhnlich war sie verriegelt und wurde von den Besuchern, so sie nicht wussten, dass es noch eine Höhle gab, auch vollends übersehen.

Vor dieser Höhle standen einige Beamte in Zivil und auch in Uniform, zwei Sanitäter, ein junger Mann in dreckbespritzter Mountainbike-Montur und – der Kelheimer Bürgermeister.

Der Bürgermeister eilte sogleich auf die Ankommenden zu und reichte Anna die Hand.

»Grüße Sie, Frau Stadler.«, sagte er etwas außer Atem.

»Grüß Gott, Herr Bürgermeister.«, kam die Antwort.

»Wissen Sie, ich kenne Frau Stadler aus dem Gymnasium. Meine Tochter ist bei ihr im Musikunterricht.«, erklärte er Leo mit fast entschuldigendem Ton.

Dann fügte er hinzu

»Man hat mich sofort benachrichtigt – ich meine, Sie hatten ja die Fahndung herausgegeben – dass man den jungen Schneider gefunden hat. Ich hoffe, dass Sie nicht ...«

Der Bürgermeister wurde unterbrochen, als ein Mann, der trotz der Hitze eine kleine, rote gestrickte Wollmütze über dem Gesicht mit dem feinsäuberlich gestutzten Dreitagebart trug und in Trekkingkleidung steckte, aus der Höhle herauskam und Leo ein, wie Anna fand, für die Umstände etwas unpassendes *Hoppla!* zurief.

»Das ist mal ein Wetter, das ich gelten lasse.«, grinste er und klopfte Leo wie schon ehedem auf die Schulter.

»Ich grüße Sie, Frau Stadler.«

Er gab der jungen Frau zwar nicht die Hand, aber er neigte den Kopf, einen Diener andeutend, schräg nach unten.

»Doktor Haas.«

Leo, dem diese überschwängliche Begrüßung auch ein wenig peinlich war, hielt es für das Beste, nicht weiter auf die Bemerkung mit dem Wetter einzugehen.

»Sie haben die Leichenschau schon beendet?«, fragte er stattdessen.

»Mmh.«

Der Pathologe nickte und setzte ein ernsteres Gesicht auf.

»Völlig unspektakulär: Es ist genauso, wie es aussieht. Lassen Sie sich, wenn Sie reingehen, nicht von der Höhlenatmosphäre beirren. Hier liegt eine ganz gewöhnliche Selbsttötung durch Abgasvergiftung vor; keine Anzeichen auf Fremdeinwirkung. Er hat sich gewissermaßen … entschuldigen Sie bitte die Ausdrucksweise«, unterbrach er sich, zu Anna gewandt, »geradezu in den Plastiksack hineingekuschelt, wie Sie gleich sehen werden.«

»Ja, verstehe, Doktor Haas.«, gab Leo zurück. »Danke schon einmal. Ich werde dann ja wieder Ihren Bericht erhalten?«

»Aber selbstverständlich, Herr Kommissar. Ich mach' mich gleich heute noch dran. Das kostet Sie dann aber eine Flasche Roten.«

Er kniff kurz das rechte Auge zu, dann war er schon zwischen den Bäumen verschwunden, wo man den silbernen Lack seines Mercedes durchblitzen sah. Der Doktor war die Straße heraufgekommen.

Extreme Erfahrungen erlebt man oft als skurril oder gar unwirklich. Die Größen von Raum oder Zeit – zumindest wird dies oft im Nachhinein so zurückinterpretiert – scheinen sich zu verschieben. Vielleicht sind auch, durch das in Stresssituationen ausgestoßene Adrenalin, einfach nur die Sinne extrem geschärft, was später den Eindruck erweckt, für einige Zeit der Physik des Hier und Jetzt entglitten zu sein. Man fühlt sich der jeweiligen Szenerie gleichsam entrückt und beobachtet alles von außen, wie auf einer Theaterbühne.

So war es auch, als Leo und Anna die Höhle betraten. Anna empfand es daher als äußerst skurril, dass sie anstatt den Anblick schockiert oder bestürzt zu erleben, als Erstes an den DaVinci-Mann dachte, wie sie Daniel Schneider, den Mann, mit dem sie einmal zusammen gewesen war und der ihre Schwester ermordet hatte, mit weit von sich gestreckten Armen und Beinen liegen sah. Schmerz war seinem Gesicht nicht abzulesen. Friedlich sah er aus, als schliefe er bloß. Doch die Spannung in der ausgestreckten Körperhaltung, die den Betrachter Glauben machte, der Tote könne jeden Augenblick nach oben schnellen und auf die Beine springen, verriet, dass sich Daniel Schneider nicht im Zustand jenes erholsamen Schlummers befand, der Schlafende gemeinhin auszeichnet.

Die Polizei hatte zum Erleuchten der Höhle Strahler aufgestellt, die ein grelles Licht auf die Felszeichnungen und Runen über Schneiders Kopf warfen. Anna fand, dass sich die beleuchtete Wand wie ein Grabstein ausmachte – oder wie eine Museumstafel, die das Fundobjekt mit der Nummer XY benannte und in einem historischen Kontext erklärte.

Eine Weile standen sie und Leo schweigend – wieder die Hände ineinander gelegt – vor dem Toten. Schließlich drehte sich Leo um und winkte einen Beamten mit einem Fotoapparat zu sich in die Höhle.

»Könnten Sie mir bitte noch ein paar Aufnahmen von den Stiefeln … ja hier … machen? Danke. Und dann noch hier vorne bitte die Jacke von der Seite. Super. Danke. Fahren Sie bitte sofort ins Präsidium und schicken Sie mir die Bilder.«

»Natürlich«, antwortete der Polizist, »wird sofort erledigt.«, und eilte aus der Höhle.

Anna war indes in die Knie gegangen und besah sich den Türkisring, der scheinbar aus Schneiders geöffneter Hand gerollt war.

»Hast du gesehen?«, fragte sie Leo. »Michaelas Türkisring.«

Leo nickte.

Ein anderer Beamter war, ohne dass ihn Anna oder Leo bemerkt hätten, hinzugetreten und sagte

»In der anderen Faust steckt auch ein Ring; ein silberner, so wie es aussieht.«

»Ihr Verlobungsring.«, sagte Anna.

Leo, der sich mittlerweile Plastikhandschuhe übergestreift hatte, fischte mit einem Kugelschreiber den Ring aus den Fingern des Toten und ließ ihn in eine kleine, durchsichtige Tüte fallen; mit dem Türkisring verfuhr er ebenso.

»Das verstehe ich nicht.«, murmelte er mehr zu sich als zu Anna oder dem Polizisten.

Beide sahen ihn fragend an.

»Ich meine, dass er uns den Türkisring präsentiert – gewissermaßen als letztes Puzzlestück – das leuchtet mir schon ein. Aber warum nimmt er dann auch noch seinen Verlobungsring vom Finger?«

Anna strich sich die Haarsträhnen hinter die Brillenbügel.

»Also für mich ist das klar.«, sagte sie.

Leo sah sie überrascht an.

»Mit dem Türkisring gab er sich als der *Einschläfer* zu erkennen, und mit dem Verlobungsring wollte er sicher demonstrieren, dass er meine Schwester und all die anderen – zumindest in seiner kranken Vorstellung – aus Liebe heraus und nichts anderem sonst getötet hat. Meinst du nicht, das ergäbe Sinn?«

Leo sah Anna an und war wieder einmal verblüfft über die Kraft, die diese hübsche Frau oft in sich verborgen hielt und die sie immer wieder, wenn jeder von ihr erwartete, dass sie im nächsten Moment zusammenbreche, hervorkehrte.

Du kennst die Menschen gut, dachte sich Leo, *sehr gut sogar; als könntest du in ihren Seelen lesen.*

Es war trotz des warmen Augustwetters doch sehr kühl im kleinen Schulerloch. Deshalb ging Leo mit Anna nach draußen und ordnete den Abtransport der Leiche an. Dann wandte er sich an den Mountainbiker, der fast noch blasser als der Tote aussah. Er hatte, sagte ihm der Kollege mit dem Fotoapparat, Schneider gefunden. Leo ließ sich von dem Mann, der noch immer seinen Fahrradhelm auf dem Kopf trug, noch einmal schildern, wann genau er zum Schulerloch heraufgekommen war und wie er auf das Motorrad vor der Höhle und den Toten darin aufmerksam geworden war.

»Komm, ich fahre dich jetzt heim.«, sagte er schließlich zu Anna, als sie den Weg zum Parkplatz hinuntergingen.

Anna hakte sich bei ihm ein und meinte

»Es tut mir Leid, dass der Tag so endet. Ich habe mich so auf dich gefreut.«

»Ich mich auch auf dich.«, antwortete Leo ehrlich.

»Können wir uns die Tage wieder treffen?«, fragte Anna fast ein wenig ängstlich.

»Auf jeden Fall. Ich werde jetzt zwar viel Bürokram zu erledigen haben, damit der Fall abgeschlossen werden kann, aber ich werde dich in der ersten freien Minute anrufen und wir können was zusammen unternehmen.«

Dann legte er seinen Arm um sie und küsste sie.

»Übrigens, Hector hat dich sehr vermisst.«

15.

Julia Jahn ließ nie etwas unfertig oder unerledigt stehen. So hielt sie es auch mit zwischenmenschlichen Beziehungen, im Beruflichen wie im Privaten.

Irgendwie wurde sie das Gefühl nicht los, dass sie auf der Heimfahrt aus dem Allgäu etwas in Doktor Haas aufgewühlt hatte, womit sie ihn ungewollt verletzt hatte. Dass der Pathologe allerdings wie der Henker gerast war, übersah sie; so wie sie immer die Fehler der anderen übersah und alles Schiefgelaufene auf sich bezog. *Ich hätte es besser machen können. Ich hätte es verhindern können.* Das waren seit vielen Jahren ihre allgegenwärtigen Selbstvorwürfe, die sie sich machte, seit sie als Schulmädchen hilflos am Straßenrand gestanden hatte, als eine Schulkameradin, die achtlos über die Straße lief, vom Schulbus erfasst und getötet wurde. *Warum habe ich nichts gemacht?* Mit dieser Frage marterte sich das junge Mädchen immer wieder und vergaß dabei, dass sie nichts, aber auch gar nichts hätte machen können. Es sei denn, sie hätte fliegen oder den Bus zur Seite stoßen können.

Nie wieder wollte Julia ihre – angebliche – Chance verpassen, nie wieder tatenlos dabeistehen. Natürlich wurde diese Haltung oft missverstanden und man machte ihr über ihr Verhalten Vorwürfe in einer Bandbreite von *aufdringlich* über *hysterisch* bis hin zu *intrigant.* Deshalb hatte sie sowohl die Schule als auch ihr Studium mehr oder weniger im Alleingang durchgezogen. Auch mit der Liebe wollte es nie so richtig etwas werden. *Du erdrückst mich mit deiner Fürsorge und Nachsicht,* hatte Ulli, ihr erster und bisher einziger Freund, gesagt, als er sie nach einer fünfmonatigen Beziehung sitzen ließ. *Ich hätte es verhindern können.* Danach blieb sie allein, zurückgezogen in ihr mit Schuld und Gewissensbissen tapeziertes Schneckenhaus. Vor diesem Hintergrund sah Julia auch ihre hervorragende Promotion nicht als besondere Leistung an: Was hätte sie denn anderes tun sollen, als Tag und Nacht daran zu arbeiten, endlich mal nichts zu übersehen, alles richtig zu machen?

Nun stand sie hier vor der Villa von Doktor Haas in Abensberg, ihren Smart hatte sie vor der Garage mit dem weißen, zweiflügeligen, geschwungenen Tor geparkt, wo normalerweise der große, silberne Mercedes stand. Die hohe Natursteinmauer versperrte den Blick auf einen herrlichen, parkähnlichen Garten; doch dort, wo Julia aus dem Auto ausgestiegen war, befand sich ein schmiedeeisernes Törchen, durch das man einen Blick auf die peinlich gepflegte Anlage erhaschen konnte. Sie drückte auf den großen, weißen Klingelknopf und sah dabei in die darüber installierte Videokamera. Eigentlich hatte Julia einen satten Glockenton erwartet, der fanfarengleich über den perfekten, Doktor Haas' gestutztem Bart nicht unähnlichem englischem Rasen schallte. Aber alles blieb still. Die junge Frau läutete noch einmal. Nichts geschah. Auf einmal bemerkte sie, dass das Törchen nur angelehnt war. Etwas zögerlich und sich nach allen Seiten umblickend, tat sie zwei Schritte hinein, wobei sie das laute Klackern ihrer hohen Absätze auf dem mit Terracottaplatten gefliesten Fußweg verfluchte.

»Doktor Haas? Äh … hallo … Ist jemand zu Hause?«

Die einzige Antwort waren ein paar Stare, die aus den kugelförmig zugeschnittenen Buchsbäumchen, die den gewundenen Gehweg zur Villa säumten, aufgeschreckt davonstieben.

Eigentlich kam sich Julia schon ziemlich töricht vor. Was wollte sie hier überhaupt? In ihrer Handtasche trug sie eine der vielen Publikationen des Pathologen bei sich, mit denen sich Haas – was in Kelheim wohl kaum jemand wusste – einen internationalen Namen erworben hatte. Es handelte sich um ein Aufbauwerk seiner Dissertation über die Möbiuskrankheit, die das Kernstück seiner Forschung zu sein schien. All dies hatte Julia natürlich nicht nur dem Klappentext des abgegriffenen Buches aus der Regensburger Universitätsbibliothek entnommen. Dazu waren schon eingehendere Recherchen und ein paar Nächte im Internet nötig gewesen. Weshalb sie das Buch mitgebracht hatte, wusste sie selbst nicht. Sie würde es ihm auch gar nicht zeigen. Aber sie könnte mit ihm in dem Bewusstsein sprechen, dass sie einen nicht unbedeutenden Teil seines Lebens kannte, ja sogar bei sich trug.

Der Pflasterweg führte geradewegs auf eine überdachte Glasfront zu, die den Wohnzimmerbereich des Hauses ebenerdig mit dem Garten verband und den Eindruck erweckte, man säße auf der riesigen weißen Alcantaracouch direkt draußen in der Natur. Der Boden war mit dunklem Stäbchenparkett ausgelegt, und gegenüber der Couch stand statt eines Fernsehapparates ein großer, schwarzer Steinwayflügel. An den Wänden hingen deutsche und spanische kubistische Gemälde. *Wenn nur eines davon ein Original ist*, dachte sich Julia, *dann hängt hier mehr, als meine komplette Wohnung wert ist.*

Es musste schön sein, in dieser Traumvilla zu wohnen, in der Abenddämmerung mit einem Cognac am Flügel zu sitzen und Chopin zu spielen.

»Was machen hier?«, hörte Julia plötzlich eine aufgebrachte Stimme hinter sich.

»Wenn Post bringen, bitte vorne vor Törchen in Briefkasten schmeißen, gell!«

Als sie sich umdrehte, sah sie eine kleine, dicke Frau mit krausem Pferdeschwanz. Sie trug eine fleckige Gartenschürze und Arbeitshandschuhe. In einer Hand, die sie wie die andere in die Hüften gestemmt hatte, hielt sie eine offene Rosenschere. Die Frau mochte um die sechzig Jahre alt sein und war ihrem Akzent nach zu urteilen Kroatin.

Julias Wangen glühten, ihr Gesicht musste krebsrot sein.

»Äh … nein, entschuldigen Sie bitte. Ich wollte hier nicht einfach so … Die … äh Tür, ich meine die Gartenpforte war offen.«

Die Gärtnerin kniff ein Auge zu und quittierte die Aussage mit einem schlichten »Aha.«

In ihrer Verzweiflung griff Julia in ihre Handtasche und zog das Buch heraus.

»Mein Name ist Doktor Julia Jahn. Ich wollte hierüber mit Herrn Doktor Haas sprechen.«

Die Frau nahm ihr das Buch aus der Hand und besah es sich von allen Seiten. Mit einem Mal erhellte sich ihre Miene und sie rief

»Ah! Doktor Haas! Hat Doktor geschrieben? Sieht noch so jung aus auf Photo. War sicher lange vor Sache mit Frau.«

»Sie meinen den Unfall in der Normandie?«, fragte Julia.

»Nein, nicht Unfall von Tochter. Tod von Frau; in Kelheim. Ist schon viele Jahre her …«

»Moment«, unterbrach Julia die kleine Frau, »Frau Haas ist doch zusammen mit ihrer Tochter bei einem Verkehrsunfall in Nordfrankreich ums Leben gekommen. Sie müssen da etwas verwechseln.«

Die Gärtnerin machte ein gleichgültiges Gesicht.

»Nu, Frankreich ist auch recht. Wissen Sie« – sie klopfte Julia an den Oberarm – »Ich bin nicht mehr so jung, bin schon alte *damische* Frau. Bringe immer alle Dinge in falsche

Ordnung. Ich glaube, wird Zeit, dass ich aufhöre arbeiten und mich ganzen Tag in Haus setze. Habe schon genug getan; bin schon achtundsechzig.«

Julia machte der gleichermaßen sympathischen wie energischen Frau noch ein paar Komplimente über ihr verblüffend junges Aussehen und eilte dann zum Auto zurück.

Die dicke Frau kam ihr nachgelaufen.

»Soll ich Doktor was ausrichten?«

»Ach so, ja, bitte.«

Julia zog eine Visitenkarte aus der Seitentasche ihres Blazers und gab sie ihr.

»Sagen Sie ihm bitte, dass ich in der Gegend war und ihn besuchen wollte. Herr Doktor Haas kennt mich schon. Vielen Dank, das ist sehr freundlich von Ihnen. Auf Wiedersehen.«

Schon saß sie in ihrem Smart und nahm die Straße, die zum Autobahnanschluss nach Regensburg führte.

Zur selben Zeit stand Leo Dietz in der kleinen Küche der Kelheimer Dreizimmerwohnung, die Daniel Schneider gemietet hatte. Er war mehr als überrascht gewesen, als er den Kollegen von der Spurensicherung durch die Tür mit dem zugeklebten Spion gefolgt war. Eigentlich hatte er sich auf schmuddlige Vorhänge, Berge von dreckigem Geschirr, an den Wänden Bikerbilder und in jeder Ecke Zigarettenkippen vorbereitet. Doch die Wohnung von Daniel Schneider war nichts von alledem. Die Einrichtung war spartanisch, aber stilvoll. Die meisten Wände waren dunkelgrün gestrichen und die Möbel aus dunkelbraunem oder schwarzem Massivholz gefertigt. In der Küche, die als einziger Raum ganz in Blau gehalten war – auch die Lampe, die Stühle und eine gläserne Obstschale waren blau – hing ein großes, unheimlich gut fotografiertes Portrait von Michaela Stadler.

Leo ging ins Wohnzimmer, wo eine breite, bis zur Decke reichende Regalwand stand. In der Mitte stand eine grob geschnitzte afrikanische Holzskulptur, um die sich die Bücher, hauptsächlich Fachbücher und Bildbände über Schreinerarbeiten, Gärten aus aller Welt und Reiseliteratur, wie um ein magisches Zentrum herum versammelten.

Leo ließ seinen Blick über die unerwartet langen Buchreihen schweifen, nahm hier und da eines heraus und hielt bei einem Fach, das der hölzernen Gottheit zu Füßen lag, inne. Neben einigen schlechten Fantasyromanen fand er eine Taschenbuchausgabe der Werke des Nostradamus, daneben eine dreiteilige Bildbandreihe mit dem Titel *Welt der Mythen*. Leo nahm den ersten Teil aus dem Regal. *Die Kelten – das missverstandene Volk* stand auf dem Umschlag. Dann den zweiten: *Die Mayas – die verschwundene Superkultur*. Auf dem dritten Band war *Die Germanen – zwischen Licht und Nebel* zu lesen. Neben dieser Reihe befand sich ein wunderschönes, in tiefblaues Leder gebundenes Jugendstilwerk, das den Titel *Zodiaque* trug. Doch was Leos Aufmerksamkeit am meisten anzog, war ein großer, schwarzer, hochglänzender Buchrücken, auf dem in weißen Buchstaben, die allmählich ins Eisblaue verflossen, *Der Weg hinüber: Gibt es ein Leben nach dem Tod?* stand. Leo blätterte das schwere Werk durch – und wurde fündig. Das zwölfte Kapitel war eine von medizinischen, religiösen und anderen ethisch-moralischen Aspekten beleuchtete Abhandlung zu dem Thema, das womöglich der Schlüssel zu allem war, was den *Einschläfer* zu seinen Morden – die er wohl selbst nicht als solche erachtet hätte – bewogen hatte; es war das Thema Sterbehilfe.

Tatsächlich waren einige Stellen, vor allem in einem Kapitel, das die Überschrift *Wenn der Schmerz unerträglich wird* hatte, mit wackeligen Bleistiftlinien unterstrichen oder ganze Passagen mit grünem Textmarker hinterlegt. Als Leo das Buch jedoch wieder zuklappen wollte, um einen Stapel von Büchern anzulegen, die er mitnehmen wollte, fiel etwas heraus. Es war ein blauer, zusammengefalteter Zettel. Leo faltete das schon sehr vergilbte Blatt auseinander. Es war ein altes Werbeblatt der Volkshochschule Regensburg:

Die Volkshochschule Regensburg lädt für den 16.09.2001 zu dem Vortrag **Ist humanes Sterben möglich?**
mit anschließender Diskussion im Forum ein.
Es referiert …

»Das glaube ich jetzt nicht!«, rief Leo laut aus und merkte gar nicht, dass zwei Beamte in das Zimmer traten, um zu sehen, was geschehen war.

Unter dem Namen des Referenten waren mit Kugelschreiber eine Regensburger Telefonnummer und eine Handynummer gekritzelt. Leo zog sein Handy aus der Tasche und tippte die Nummer ein – *Die gewählte Nummer ist nicht vergeben.* – sagte die Computerstimme. Also wählte er die Handynummer. Er wartete lange und war gerade im Begriff wieder aufzulegen, als sich eine angenehme Männerstimme mit leichtem ausländischem Akzent meldete: *Guten Tag lieber Anrufer. Leider bin ich mal wieder unterwegs. Aber wenn Sie mir Ihre Nummer hinterlassen, werde ich Sie selbstverständlich so bald wie möglich zurückrufen. Herzlichen Dank für Ihren Anruf – Erdogan Akdeniz.*

16.

Etwas an diesem Fall konnte – oder wollte Leo nicht verstehen. Seine völlige Fehleinschätzung von Daniel Schneider – die im Übrigen auch Anna mit ihm teilte, das Katz-und-Maus-Spiel, das Schneider mit der Polizei getrieben hatte, und dieser mystische Schleier, den er in seinem Wahn oder auch in seiner Arglist über alles gelegt hatte, und der doch nichts anderes bewirken sollte, als Morde an Menschen zu kaschieren und durch das Entrücken ins Unwirkliche die Brutalität, mit der sie begangen wurden, vergessen zu machen – all das kam dem Kommissar langsam immer mehr wie eine bewusste Provokation, ja wie eine Herausforderung seiner selbst vor. Er wurde das Gefühl nicht los, dass er immer noch nicht den wirklichen Kern der Sache erkannt hatte und dass jemand hinter ihm stand, ihm über die Schulter blickte und sich über so viel Naivität kaputtlachte.

Natürlich war er gestern Abend sofort beim Krankenhaus vorbeigefahren und hatte Doktor Akdeniz gesucht. Aber der Pathologe hatte bereits seinen Arbeitsplatz verlassen. Leo hatte ihm erneut auf die Mailbox gesprochen und um Rückruf gebeten, was bis jetzt allerdings noch nicht geschehen war. Gleich heute Morgen hatte er von seinem Schreibtisch in Regensburg aus die Volkshochschule angerufen und erfahren, dass Doktor Akdeniz bereits eine ganze Reihe an Vorträgen zum Thema Sterbehilfe gehalten hatte und scheinbar demnächst – das hatte er wiederum im Kelheimer Krankenhaus in Erfahrung gebracht – ein Buch über die gleiche Thematik veröffentlichen wollte.

Der Kaffee schmeckte fürchterlich bitter und passte zu den harten Regentropfen, die an die Fensterscheibe prasselten. Er rief Anna an. Sie ging nicht ans Telefon. Schließlich fing er an, die Nummer von seinem Freund Hans zu wählen, dem er schon seit einem halben Jahr versprach, mal wieder mit zum Squash und einem anschließenden Weißbier zu kommen. Doch als er erst vier Ziffern getippt hatte, besann er sich eines anderen und rief bei Julia an.

Eine halbe Stunde später trafen sie sich in einem kleinen Bistro am Fuß der Steinernen Brücke.

»Weißt du«, sagte Leo, während er missmutig in seinem Cappuccino herumstocherte, der ihm auch nicht besser schmeckte als der Automatenkaffee im Präsidium, »der Kerl« – er meinte Akdeniz – »kann doch nicht mit dem Hauptverdächtigen in Kontakt stehen, gemütlich über Sterbehilfe plaudern und uns nichts davon sagen. Wollen die mich denn alle verarschen?«

»Was willst du damit sagen?«, fragte Julia. »Macht ihn das jetzt etwa auch verdächtig? Nur weil Sterbehilfe sein Forschungsgebiet ist? Wir haben doch den *Einschläfer*. Es war Daniel Schneider.«

»Mmh. Du hast schon Recht. Ich glaube, ich bin einfach schlecht drauf; irgendwie überarbeitet. Trotzdem muss der Akdeniz mir das noch erklären.«

»Wie du meinst.«, seufzte Julia. »Hast du denn schon Doktor Haas' Obduktionsbericht?«

»Ja, ein Fax mit der Zusammenfassung des Wichtigsten: Haas hat die Selbsttötung noch einmal bestätigt. Es gab definitiv keine Fremdeinwirkung.«

»Na ja, tolle Erkenntnis.«, sagte Julia mit ungewohntem Zynismus. »Das wussten wir ja auch schon.«

Sie leerte ihren Espresso.

»Wie geht es übrigens Christian Schneider?«, erkundigte sie sich, als sie die Tasse absetzte.

»Er hat's geschafft.«, erwiderte Leo. »Anna hat ihn schon einmal besucht.«

»Und, weiß er das mit seinem Bruder?«

»Ja. Das heißt, er weiß, dass er tot ist, aber nicht, dass er versucht hat, auch ihn umzubringen – abgesehen davon, dass die Ärzte uns davon abgeraten haben, es ihm jetzt schon zu sagen, haben wir ehrlich gesagt keinen einzigen Beweis in der Hand, der belegen könnte, dass er es wirklich ...«

»Entschuldige bitte«, unterbrach ihn Julia, »mein Handy. Ja? Herr Dietz? Ja, da haben Sie aber Glück gehabt: Der sitzt neben mir. Einen Augenblick bitte.«

Julia reichte Leo das Mobiltelefon und flüsterte

»Das Präsidium. Die vermissen dich wohl schon wieder.«

Leo rümpfte die Nase.

»Hallo? Ja, ich bin's. Warum rufen Sie mich eigentlich nicht auf mein … Was? Ausgeschaltet? Scheiße. Entschuldigung, ich weiß, das ist schon in Ordnung. Schießen Sie los: Was gibt's?«

Nach ein paar Sekunden sprang Leo auf.

»Was? Welcher Pathologe? War es Doktor Haas? Was heißt *könnte sein*? Ja, ich komme … das heißt nein, ich fahre direkt nach Kelheim. Ja Servus.«

Leo zog einen Zehner aus der Jeans und warf ihn auf den Tisch.

»Was ist passiert?«, fragte Julia.

»Was passiert ist?«, wiederholte Leo die Frage. »*Ein* Pathologe aus dem Kelheimer Krankenhaus hat versucht, mich zu erreichen – die haben den Namen nicht verstanden, bei der Polizei! Stell dir das mal vor. Aber es muss Doktor Haas gewesen sein. Er hat doch Schneider obduziert.«

»Und?«, fragte Julia, die auch schon aufgestanden war und ihren Regenmantel angezogen hatte.

»Komm mit zum Auto. Dann erklär' ich's dir.«, rief Leo und rannte aus dem Bistro in den strömenden Regen hinaus. Als sie dreißig Sekunden später in Leos Wagen saßen und Julia erst einmal nach Luft ringen musste, fing er an zu erzählen.

»Daniel Schneider wurde unmittelbar vor seinem Tod ein Narkotikum verabreicht – durch eine Injektion in die Halsschlagader – und zwar das gleiche Mittel, mit dem auch Alfons Schabmüller betäubt wurde. Daniel Schneider wurde demnach auch getötet – es war also gar kein Selbstmord, sondern nur eine weitere Inszenierung.«

Julia tupfte sich, um ihr Make-up nicht zu verwischen, mit dem Ärmel ihres Mantels die Tropfen von der Stirn.

»Das heißt ja«, keuchte sie und vergaß den stechenden Schmerz in der Brust, »dass der wirkliche *Einschläfer* noch frei herumläuft.«

Leo nickte nur und setzte das Blaulicht auf das Dach des Defenders. Dann schoss er mit Martinshorn und quietschenden Reifen vom Parkplatz.

»Er war immer einer von uns und wir Idioten haben es nicht gemerkt!«, rief er, als sie die Landshuter Allee stadtauswärts rasten.

Dann nahm er sein Handy, das er mittlerweile eingeschaltet hatte, reichte es Julia hinüber und sagte

»Ruf im Präsidium an und sag, die sollen die Wohnung von Doktor Erdogan Akdeniz ausfindig machen. Wenn er zu Hause ist: festnehmen!«

Julia war mehr als verwirrt.

»Wieso Akdeniz? Und was soll das mit dem Festnehmen? Ich verstehe überhaupt nichts mehr.«

»Schon mal was von aktiver Sterbehilfe gehört?«, versetzte Leo nicht ohne Sarkasmus. »Was glaubst du, wer sich auf diesem Gebiet spezialisiert hat? Sieh dir mal diese Einladung an.«

Er zog den Zettel aus der Tasche, den er in Schneiders Wohnung gefunden hatte.

Nun war es die junge Psychologin, der ein »Oh scheiße!« entfuhr.

Leo holte aus dem Fahrzeug, was zu holen war. Mehr als einmal gerieten sie im Aquaplaning auf der kurvenreichen Strecke zwischen Sinzing und Kelheim ins Schleudern. Aber Leo konnte den Wagen immer wieder auffangen und auf der Straße halten, auf deren glitschigem Asphalt das Regenwasser in Strömen hinab nach Kelheim rann. In einer Kurve dachte Julia, der Defender würde geradeaus über den Scheitel der Kurve hinwegfliegen und gegen einen riesigen Stapel Holzstämme prallen, der am Rande der Straße aufgetürmt war, und sie schrie spitz auf.

»Leo, falls wir lebend in Kelheim ankommen, werde ich mich sofort bei Doktor Haas dafür entschuldigen, dass ich ihn für einen rasanten Autofahrer gehalten habe!«

Leo lächelte grimmig, dann sagte er

»Hoffen wir, dass du die Gelegenheit dazu bekommen wirst: Er hat schließlich entdeckt, dass Schneider umgebracht wurde – und das wird Akdeniz nicht gefallen.«

Leo stellte den Wagen direkt vor der Notaufnahme ab, rannte, gefolgt von Julia, hinein und warf einem verdutzt dreinschauenden Sanitäter die Autoschlüssel zu.

»Polizeieinsatz. Wenn der Wagen im Weg ist, fahren Sie ihn bitte weg.«

Er wartete keine Antwort ab, sondern hetzte weiter in Richtung Zentralbereich.

»Kriminalpolizei Regensburg.«, rief er atemlos der rothaarigen Mittfünfzigerin mit der schmalen Brille auf der Nasenspitze zu, die die Rezeption besetzte.

»Wo ist Doktor Akdeniz?«, fragte er.

»Und Doktor Haas?«, setzte Julia schnell hinzu.

»Doktor Akdeniz ist gerade eben, als Sie hereinkamen, in die Röntgenabteilung gegangen. Sehen Sie, der Fahrstuhl ist angekommen. Und Doktor Haas, einen Augenblick bitte, der müsste noch in der Pathologie unten sein. Soll ich sie ausrufen?«

»Nein!«, riefen Leo und Julia wie aus einem Munde.

»Okay«, sagte Leo, »du bleibst hier unten und ich suche Akdeniz.«

Julia stemmte die Arme in die Hüfte.

»Ja, ja, das könnte dir so passen. Ich habe zwar keine Waffe, aber ich bin immer noch Polizistin, wenn ich dich daran erinnern darf. Ich gehe runter in die Pathologie und suche Doktor Haas. Ich muss ihm sowieso noch etwas erklären.«

Ehe Leo ihr widersprechen konnte, war Julia schon im Treppenhaus verschwunden. Also drehte er sich um und lief zum Aufzug. Von dort aus rief er noch einmal der Frau an der Rezeption zu

»Kein Durchsage, ja?«

In dem Stockwerk, in dem sich die Röntgenabteilung befand, waren keine Patientenzimmer, sondern nur Untersuchungsräume. In einem durch eine Glastür halbierten Gang saßen auf ihre Untersuchung oder die Abholung durch eine Krankenschwester wartende Patienten, einige von ihnen in

Bademantel und Pantoffeln. Da weit und breit kein weißer Kittel zu sehen war, ging Leo geradewegs auf die Tür zu, an die sich die Stuhlreihe der empörten Wartenden schloss. Er klopfte zweimal, dann öffnete er, weil er keine Antwort erhielt, die Tür und trat ein.

Vor ihm stand ein alter Mann, der sich auf wackeligen Beinen einen dicken Wollpullover über die Schultern zog.

»Warten Sie bitte draußen. Sie kommen schon noch dran.«, rief eine Schwester hinter einer monströsen Apparatur hervor.

Leo hatte keine Zeit für Erklärungen.

»Kripo Regensburg. Ich suche Doktor Akdeniz.«, sagte er höflich, aber bestimmt.

Hinter dem Apparat lugte ein blasses, zierliches Gesicht hervor.

»Doktor Akdeniz? Nö, der ist nicht hier.«

Leo bedankte sich und eilte aus dem Zimmer. Der alte Mann rief ihm mit heiserer Stimme irgendetwas nach, was er nicht verstand.

Das nächste Zimmer war abgeschlossen, das übernächste ebenso. Plötzlich kam aus einer Tür am anderen Ende des Ganges ein großer Mann mit weißem Kittel und etwas längeren, dunklen Haaren.

»Doktor Akdeniz!«, rief Leo auf ihn zulaufend.

Der Mann verschloss die Tür, durch die er gekommen war, und schüttelte gelassen den Kopf.

»Tut mir Leid, den habe ich heute noch gar nicht gesehen. Versuchen Sie es doch einmal unten am Empfang. Die können Ihnen sicher sagen, wo er sich momentan aufhält.«

»Ja, vielen Dank auch.«, murmelte Leo und beschloss, einfach systematisch jedes Zimmer abzugehen.

Julia schritt indessen durch die Pathologie, in der sich im Vergleich zur Röntgenabteilung keine Menschenseele aufzuhalten schien. Das Neonlicht einer defekten Röhre flackerte nervös auf den glatten Kacheln des schmalen, aber sehr hohen Ganges. Irgendwo aus der unmittelbaren Nähe war das Summen einer Klima- oder Kühlanlage zu vernehmen. Julia griff in ihre Handtasche, um ihr Handy herauszuholen. Sie wollte Leo anrufen und ihm sagen, dass hier unten niemand war. Da hörte sie ein Geräusch, als klapperte jemand mit Werkzeug. Julia ging dem Geräusch nach und kam an eine einen Spalt offen stehende Tür, in der von außen ein Schlüsselbund steckte. Durch den Spalt drang kein Licht nach draußen.

»Hallo? Doktor Haas?«, fragte Julia.

Sie bekam keine Antwort.

Vorsichtig schob sie die Tür weiter auf. Im Innern des Zimmers war es stockdunkel und ein Lichtschalter war nirgendwo zu finden. Wahrscheinlich hatte sie sich auch getäuscht, denn von klapperndem Werkzeug war nichts mehr zu hören, geschweige denn zu sehen.

Also wandte sie sich unverrichteter Dinge wieder dem Treppenhaus zu. Plötzlich wurde hinter ihr, ganz am Ende des Korridors ein Licht angeknipst.

Da ist er ja endlich!, sagte sie laut vor sich und eilte der Lichtquelle entgegen. Das Licht kam von jenseits einer Flügeltür aus Sichtschutzglas. Julia wollte gerade die Arme heben, um die Flügel aufzustoßen, als sich diese von allein, durch einen Bewegungsmelder aktiviert, auftaten. Sie betrat einen großen Raum, dessen Inneres mit grellem Licht geflutet war. In der Mitte standen wannenförmige Edelstahltische, an deren Kopfende OP-Lampen befestigt waren und an deren Seiten Wasserhähne mit duschschlauchartigen Verlängerungen hingen. Auf einer Art Theke, die zur Rechten der Flügeltür lag, stapelten sich zahlreiche Dokumentenfächer, Leitzordner und – Doktor

Haas' rote Strickmütze. Hinter den Seziertischen befand sich eine Reihe von grauen Regalen, die bis zur Decke hinaufreichten und von oben bis unten mit Edelstahlboxen, medizinischen Instrumenten und etlichen Flüssigkeitsbehältern aus gelbem oder grünem Plastik bestückt waren.

Durch die Regale hindurch konnte Julia eine weiße Gestalt erkennen, die leise vor sich hin pfiff.

Erleichtert blies sie die Luft durch die Lippen.

Gott sei Dank, dachte sie. *Langsam ist es mir jetzt schon unheimlich geworden, hier unten.*

Der Doktor stand vor einer Wand, die – wie fast alles in diesem Teil der Pathologie – ganz aus Edelstahl bestand und in große Schubfächer eingeteilt war. Eines der Schubfächer war offen, und der Mann im weißen Kittel sah immer wieder hinein, schrieb etwas auf sein Klemmbrett, sah wieder hinein, notierte etwas und so fort.

Julia strich ihren Regenmantel zurecht, räusperte sich ein wenig, ging mit zum Grüßen ausgestreckter Hand um das letzte Regal herum und sagte

»Guten Tag, Doktor Haas. Wir suchen Sie schon den ga…«

Die letzten Worte blieben Julia im Halse stecken: Der Mann, der zuerst erschrocken schien, weil er sie wohl nicht hatte kommen hören, drehte sich mit leicht zur Seite geneigtem Kopf und einem viel sagenden Lächeln zu ihr um. Es war Doktor Akdeniz.

17.

Nachdem Leo die ganze Etage erfolglos nach Doktor Akdeniz abgesucht hatte, fuhr er wieder zum Empfang hinunter und fragte nach seiner Kollegin.

»Die ist noch nicht wieder raufgekommen.«, wurde ihm dort mitgeteilt.

Leo rief Julia am Handy an; sie ging nicht ran. Er fing an, unruhig zu werden.

»Ist inzwischen Doktor Akdeniz hier vorbeigekommen?«, fragte er die Rothaarige.

Sie schüttelte den Kopf.

»Gibt es einen direkten Weg von den Etagen ins Untergeschoss, der nicht hier am Empfang vorbeiführt?«, erkundigte er sich.

»Ja«, kam die Antwort, »den gibt es. Am Ende des Ganges ist ein Lastenaufzug, den man eigentlich nicht zur Personenbeförderung nutzen darf, aber Sie wissen ja, wie das so ist …«

Leo war schon weg.

Während er die Treppe hinuntersprang, zog er seine Dienstpistole aus der Öljacke und entsicherte sie. Hier gab es weit weniger Türen als oben. Alle, bis auf die, aus der Julia zuvor die Geräusche gehört hatte, waren verschlossen. Leo hatte mehr Glück als seine Kollegin und fand sogleich den Lichtschalter. Er knipste das Licht an und fand einen Maschinenraum vor, der ebenso leer wie schmutzig war. Also blieb nur noch die große Flügeltür am Ende des Korridors übrig. Leo nahm die Waffe in beide Hände und stieß die rechte Tür mit der Schulter auf. Sofort fiel ihm der reglose Körper hinter den Regalen auf.

»Julia!«, rief er und rannte darauf zu.

Aber es war nicht Julia. Es war ein Mann in einem weißen Arztkittel. Er lag mit dem Gesicht auf dem Boden. Die Haare am Hinterkopf waren blutverklebt.

»Doktor Akdeniz!«, rief Leo aus, »Scheiße noch mal, und wo ist Julia?«

Er beugte sich über Akdeniz und fühlte seinen Puls. Er lebte. Wie zur Bestätigung öffnete der Arzt blinzelnd die Augen, zuckte am ganzen Körper und erbrach sich.

»Was ist passiert, Doktor?«, fragte Leo.

»Ich … ich weiß es nicht. Da war auf einmal Dok… Doktor Jahn. Sie sagte *Guten Tag* und plötzlich wurde es dunkel. Oh Gott, tut mir der Schädel weh!«

»Warten Sie, ich hole einen Notarzt runter.«, sagte Leo. »Hier muss ja irgendwo einer sein.«

»Nein, nein, Sie brauchen Ihr Handy nicht.«, wehrte Akdeniz ab. »Gehen Sie da vor zu dem Arbeitsplatz hinter den Regalen. Da ist eine Sprechanlage. Damit können Sie sofort die Ärzte in der Notaufnahme erreichen.«

Nachdem er den Notdienst verständigt hatte, fragte Leo Akdeniz

»Warum haben Sie mir nichts von Ihren Seminaren über Sterbehilfe erzählt und darüber, dass Sie mit Schneider in Kontakt standen?«

Akdeniz lächelte grimmig.

»Das habe ich alles Doktor Haas gesagt und bin davon ausgegangen, dass er es Ihnen mitgeteilt hätte.«

Leo versuchte, seine Gedanken wieder zu ordnen und sich darauf zu konzentrieren, wo Julia verblieben sein könnte. Da packte ihn plötzlich Akdeniz am Arm.

»Sind Sie eigentlich nicht von meinen Anruf unterrichtet worden?«, fragte er mit großer Anstrengung. »Ich habe heute bei der Polizei in Regensburg angerufen und wollte Sie sprechen.«

Leos Gesicht erstarrte zu Eis.

»Was? Sie waren das?«

»Ja, natürlich, das habe ich doch Ihrer Kollegin gesagt: Schneider wurde umgebracht und Doktor Haas hat das in seinem Obduktionsbericht verschwiegen.«

Er krallte sich noch stärker an Leos Arm fest; seine durch die Gehirnerschütterung rot unterlaufenen Augen quollen aus seinem ansonsten so attraktiven Gesicht hervor.

»Und jetzt frage ich Sie, *warum* er das gemacht hat?«

»Oh verdammt, verdammt!«, rief Leo und schlug sich mit der Faust auf den Schenkel.

»Und ich Vollidiot habe das die ganze Zeit nicht gesehen! Ich muss sofort weg, ich muss sie finden! Wo bleiben denn die verdammten Sanitäter?«

Genau in diesem Moment kamen drei Männer in roten Jacken mit einer Trage durch die Flügeltür gerannt.

Nachdem der junge Arzt versorgt und auf die Leo mehr als genug bekannte Röntgenstation gebracht worden war, rief Leo das Präsidium in Regensburg und die Polizeistation in Kelheim an, um die sofortige Suche nach Julia Jahn und Doktor Haas einzuleiten. Dann setzte er sich in den Defender und startete den Motor. Doch gleich darauf zog er den Schlüssel wieder ab. Wo wollte er denn überhaupt hinfahren? Zur Polizei runter nach Kelheim? Zu Haas' Villa in Abensberg? Oder gleich nach Regensburg zu Julias Wohnung? Ratlos und wütend schlug er sich wieder mit der Faust auf die gleiche Stelle am Schenkel, die schon von vorhin einen beträchtlichen blauen Fleck haben musste. Der Plüschelch auf dem Armaturenbrett sah belustigt zu ihm herauf und schien die goldenen Strahlen der Abendsonne, die die starken Regenschauer des Tages endlich vertrieben hatte, auf seinem weißen Fell zu genießen.

Leo sah den kleinen Elch lange an, dachte an Anna und auch an ihre Schwester, wie sie erdrosselt und in einem blauen Plastiksack verschnürt in dem Aluminiumsarg am Fuße der langen Wand lag. Intuitiv öffnete er das Handschuhfach, nahm eine Karte vom Landkreis heraus und schaltete das Innenlicht ein. Dann breitete er die Karte auf seinem Schoß aus, zog einen Kugelschreiber aus einem Fach in der Fahrertür und machte ein Kreuz an der langen Wand im Donaudurchbruch. Darunter notierte er eine Eins. Dann machte er ein Kreuz auf dem Affeckinger Friedhof, wo man den armen Schabmüller gefunden hatte, und schrieb eine Zwei darunter. Ebenso markierte er die Stelle oberhalb des Krankhauses, wo der Tscheche verbrannt war, schrieb eine Drei darunter und verfuhr auf die gleiche Weise mit dem Schulerloch, das er mit einer Vier versah.

Wo ist der Schlüssel?, murmelte er. *Wie hängen die Orte zusammen? Die Elemente können nicht alles sein.* Schließlich verband er alle vier Tatorte und sah, dass dies ein rechtmäßiges, gleichseitiges Rechteck ergab. Er überlegte weiter. *Was weiß ich über dich, Doktor Haas? Du hast Frau und Kind verloren, scherst dich um dein Leben nicht einen Deut, bist wahrscheinlich Alkoholiker und legst Wert auf eine gepflegte Erscheinung. Das ist nicht viel. Da muss noch mehr sein. Okay, ganz langsam: Pathologe, sportlich, tote Menschen, schöne Villa, teueres Auto … Mist! Da ist einfach nichts! Okay, er ist international bekannt, ein renommierter Forscher im Bereich der Möbiuskrankheit. Was ist das eigentlich? Möbius – das kommt doch in einem Stück von Dürrenmatt vor – der Wissenschaftler, der seine Errungenschaften im Irrenhaus vor der Außenwelt zu verbergen sucht. Mmh, Irrenhaus, sich verrückt stellen, das ist vielleicht was … aber …*

Leo nahm noch einmal den Kugelschreiber zur Hand und verband die Linien der Tatorte diagonal miteinander. Dann fuhr er sie wieder und immer wieder nach, bis er einen liegenden Achter vor sich sah. Plötzlich fielen ihm die beiden Ringe in Daniel Schneiders Fäusten ein: Nebeneinander gelegt ergaben sie eine Acht!

»Ich hab's!« rief er laut und schlug sich ein drittes Mal auf den wehen Schenkel.

Möbius! Die Möbiusschleife – kein Anfang und kein Ende: das Symbol für die Unsterblichkeit.! Er hat es mir immer wieder unter die Nase gehalten und ich war zu blind, es zu erkennen.

Er besah sich die Karte noch einmal ganz genau. Im Scheitelpunkt, gewissermaßen im Zentrum der Morde lag etwas, das so außergewöhnlich war, so mysteriös und doch so alltäglich, dass es die Bürger Kelheims, die es jeden Tag sahen und zu seinen Füßen aufgewachsen waren, gar nicht mehr wahrnahmen, obwohl sie doch unendlich stolz darauf waren; ein Monument, dessen Einzigartigkeit weit, sehr weit über die Grenzen Kelheims hinaus berühmt war. Im Mittelpunkt der Morde, die der *Einschläfer* begangen hatte, lag – die Kelheimer Befreiungshalle.

Einer plötzlichen Intuition folgend rief er im Präsidium an.

»Hier Dietz. Können Sie bitte mal die Begriffe *Haas* und *Befreiungshalle* googlen. Es ist unter Umständen sehr, sehr wichtig. Okay, schon mal vielen Dank. Rufen Sie mich bitte am Handy zurück, wenn Sie was haben. Wiederhören.«

Leo zuckte zusammen, als sein Handy schon nach wenigen Augenblicken läutete.

»Herr Dietz? Wenn man »Haas« und »Kelheim« googlet, bekommt man sofort einen Haufen Treffer ohne Ende; und immer steht der Name Haas in Verbindung mit der Befreiungshalle. Warten Sie einen Moment. Ja hier: *Ehefrau von renommiertem Mediziner stürzt sich nach Familientragödie von der Befreiungshalle in die Tiefe …«*

Also ist es tatsächlich die Befreiungshalle! Leo warf das Handy auf den Beifahrersitz und dachte gar nicht daran, aufzulegen, geschweige denn, sich zu bedanken oder zu verabschieden.

… *in die Tiefe* …dröhnte noch in seinem Kopf, während er den Defender durch die Stadt, auf den Michelsberg, hinauf zur Befreiungshalle jagte.

Der wuchtige Rundbau der Befreiungshalle, dessen dreistufiger Sockel auf einem Achtzehneck ruhte, wurde von achtzehn Strebpfeilern in den mittlerweile nächtlichen, wolkenverhangenen Himmel emporgehoben und von achtzehn Kolossalstatuten im neoklassizistischen Stil bewacht. In einem weiten Kreis um das gewaltige Monument herum waren Strahler aufgestellt, die die edlen wie erbarmungslosen Gesichter der antiken oder gar archaischen Göttinnen mit lichtem Nebel benetzten, der wie unsterblicher Odem ihren Lippen zu entweichen schien.

Leo fuhr direkt vor den Treppenaufgang zu der Ruhmeshalle, von der aus gesehen sich der Defender wie ein zerbrechliches Spielzeugauto ausnahm. Es war kälter hier oben als unten in der Stadt. Leo stellte den Kragen der Öljacke hoch und steckte die Pistole in die rechte Seitentasche.

Das gewaltige Tor, das in seinen Ausmaßen nicht für Sterbliche ersonnen war, wurde von den Strahlern nicht beleuchtet. Trotzdem konnte Leo sehen, dass ein kleiner Teil davon, nämlich das rechte untere Eck, offen stand. Langsam erklomm er die breiten, majestätisch an den Hang geschmiegten Stufen, ohne sich nach den funkelnden Lichtern Kelheims umzusehen, die unter ihm die schwarze

Donau säumten. Die Tür war mit einem Brecheisen oder einem ähnlichen Werkzeug aufgehebelt worden.

Als er die Halle, deren Kuppel sich fünfundvierzig Meter über dem glatt polierten Marmorboden erhob, betrat, sah er nur tiefe, undurchdringliche Schwärze. Schnell sprang er aus dem Lichtkegel, der von hinten in die Halle einfiel, und lehnte sich mit dem Rücken an den Aufgang zur inneren Balustrade. Erst nach einigen Sekunden, die Leo allerdings wie Stunden vorkamen, gewöhnte sich sein Auge ein wenig an die Dunkelheit und er konnte die Umrisse der vierunddreißig makellosen, weißen, marmornen, in ihrer Größe weit über das Menschliche hinausgehenden Siegesgöttinnen ausmachen, die sich im Reigen um die im Durchmesser fast dreißig Meter ausschöpfende, kreisrunde Halle die Hand reichten und reglos auf die Vergänglichkeit der sterblichen Besucher herabschauten.

»Wo ist meine Kollegin, Doktor Haas?«, rief Leo den schönen, kalten Engelsgesichtern entgegen und das Echo seiner Worte hallte acht Mal wieder.

Statt eine Antwort zu erhalten, gab eine nach Osten ziehende Wolke die gläserne Spitze des Kuppeldachs frei und der Mond konnte sein bleiches Licht in die Halle ergießen.

»Ihre Frau ist nicht in Nordfrankreich bei jenem Verkehrsunfall ums Leben gekommen, nicht wahr?«

Der weiße Marmor erwachte im Mondlicht zum Leben.

»Sie hat sich hier, genau hier das Leben genommen, weil sie den Tod Ihrer Tochter nicht verwinden konnte.«

Da Leo immer noch keine Antwort bekam, stieg er langsam und leise die Stufen zu der inneren Balustrade hinauf.

»Und jetzt? Glauben Sie, Sie haben Ihre Frau und Ihre Tochter wieder, weil sie andere Menschen in den Tod geschickt haben? Glauben Sie das wirklich?«

»Die Achtzehn«, erschall auf einmal eine dröhnende Stimme aus dem Deckengewölbe und lief wie im Innern eines Rings die glatten Marmorwände entlang, »ist eine Zahl, Herr Dietz, die Sie hier überall finden. Es findet sich hier kein Stein, der nicht mit irgendeinem anderen durch die Achtzehn verbunden wäre. Gemeinhin begründet man dies mit dem achtzehnten Tag des Monats, an dem die Völkerschlacht bei Leipzig geführt wurde, oder dem Tag, an dem Napoleon bei Waterloo unterlag, oder auch mit den achtzehn Schlachten, in denen von den Bayern achtzehn Festungen zurückerobert wurden. Dabei ist die Wahrheit wie immer so einfach; sie liegt auf der Hand, aber keiner will sie erkennen.«

Inzwischen war Leo auf der inneren Balustrade angelangt.

»Und was ist die Wahrheit?«, fragte er.

»Nehmen Sie doch einfach die Achtzehn.«, erklärten acht Haasstimmen nachsichtig.

»Zwei Ziffern, eins und acht; die Quersumme ergibt neun. Neun wiederum ist die Potenz aus drei und drei ist die perfekte Zahl, das Urbild des Göttlichen, des Harmonischen, des Schönen. Oder multiplizieren Sie beide Ziffern und Sie erhalten die Acht – die Zahl der Unendlichkeit, die Möbiusschleife, die Sie auch letztendlich hierher geführt hat – auch wenn ich gedacht habe, dass Sie schneller wären.«

»Wo ist Doktor Jahn?«

Wieder ignorierte Haas die Frage.

»Glauben Sie etwa, dass ein König wirklich seinem Volk einfach so einen Tempel zum Geschenk macht? Ha, dass ich nicht lache! Der wusste natürlich, dass dies ein heiliger Berg ist. Schon die Kelten wussten es, die hier das größte Heiligtum Europas errichtet hatten, und Ludwig der Kelheimer, der unten in der Stadt den Tod fand, wusste es auch. Dies mein Freund, ist nicht irgendein Bau – es ist ein Tor« – seine Stimme wurde immer heiserer und überschlug sich immer öfter – » ein Tor, das hinüberführt, auf die andere Seite.«

»Und Sie haben die anderen hinübergeführt; Menschen, die todkrank waren, haben Sie eingeschläfert.«

»Oh ja! Sie schlafen alle.«, keifte Haas von den Wänden herunter. »Aber sie leiden nun nicht mehr. *Ich* habe ihnen das ewige Leben verliehen, *ich* habe sie der Unsterblichkeit zugeführt.«

»Woher wussten Sie von den tödlichen Krankheiten?«, fragte Leo, der inzwischen die Balustrade zur Hälfte umrundet hatte.

»Ich bitte Sie. Jetzt sind Sie schon wieder so engstirnig! Meinen Sie etwa, dass mir irgendeine Krankenakte in Kelheim – die Ihre mit eingeschlossen – nicht zugänglich wäre?«

»Sie haben sie also alle ausgewählt.«

»Ja, das könnte man durchaus so sagen. Außer meine kleine Michaela: Die hat mir selbst von ihrer Krankheit erzählt, als sie hörte, dass ich Pathologe bin – beim Klettern, wissen Sie?«

»Und Daniel Schneider?«, fragte Leo zurück. »War der auch todkrank?«

»Tja, bei dem war es etwas Anderes. Der war, sagen wir einmal, ein notwendiges Bauernopfer. Das hätte ja alles versaut, wenn Sie den als *Einschläfer* eingesperrt hätten. Und dass sein Bruder ausgerechnet da einen Anfall bekommt, wenn wir ihn besuchen wollen, das konnte ich ja nun wirklich nicht voraussehen. Ich muss sagen: Dieser Umstand hat den Verlauf meiner Arbeit ganz schön durcheinander gebracht. Danach musste ich wieder einiges geradebiegen.

Übrigens: Die Titulierung *Einschläfer* gefällt mir richtig gut. Das hat so viel Poesie.«

»Also gut, hören Sie, Doktor Haas. Julia hat mit den vier Elementen und Ihrem heiligen Berg nichts zu tun. Sagen Sie mir, wo sie ist. Wir können das Problem schon irgendwie lösen. Ich kann Ihnen Hilfe bieten, Sie müssen mir nur ein kleines bisschen entgegenkommen.«

»Die kleine Psychologin mit den angeklebten Fingernägeln? Mmh, lassen Sie mich mal überlegen – ach so, ja, das hatte ich ganz vergessen, die schläft im Bauch dieses Tempels, ja, sie schläft, schläft, wie all die anderen schon, sie schläft, schläft …«

Sein Singsang verlor sich auf einmal in der Ferne.

Er ist auf eine der äußeren Terrassen hinaus, dachte sich Leo und nahm die Verfolgung auf. Schnell hastete er die eiserne Wendeltreppe zu der ersten äußeren Terrasse hinauf. Die Pistole in beiden Händen haltend, stieg er hinaus ins Freie. Die Wiese, auf der die Befreiungshalle stand, und das ein paar hundert Meter entfernte Infozentrum waren durch die Strahler mitbeleuchtet. Der Defender am Fuße der Treppe war nur noch ein kleiner Fleck, der auch als Täuschung der nächtlichen Schattenspiele hätte gelten können. Mit fast angehaltenem Atem umrundete Leo die von sechsunddreißig Säulen gesäumte Terrasse und stieß, wie er es sich schon gedacht hatte, natürlich nicht auf den wahnsinnigen Doktor. Also stieg er wieder ins Innere der Halle und erklomm die Stiege zur zweiten äußeren Balustrade, die sich unweit unter dem großen Kuppeldach, und schon weit oberhalb der Kolossalstatuen befand. Das Geländer aus rohem Juramarmor fühlte sich feucht und kalt an, als Leo mit der Hand darüber strich. An manchen Stellen hatte sich Moos angesetzt, das, wenn man es nicht entfernte, die

Befreiungshalle eines Tages in ein gewaltiges, einem gigantischen Grabstein gleichendes Mausoleum verwandeln würde.

Leo musste nicht weit gehen, um Haas zu sehen. Er saß auf dem steinernen Geländer, den Rücken an einen Pfeiler gelehnt und ließ einen Fuß nach innen, einen hinunter in die Nacht baumeln.

»Hier war es, Herr Kommissar.«, sagte er ohne den Blick auf Leo zu richten.

»Von hier aus ist sie gesprungen. Und wissen Sie, was das Schlimmste ist?«

Erst jetzt fiel Leo auf, dass der Pathologe weinte.

»Ich war unten geblieben und sah zu ihr herauf, weil ich von dem Unfall ein Bein in Gips hatte und nicht mit hinaufkommen konnte. Und sie sprang ... sie sprang geradewegs auf mich zu. Beinahe wäre sie sogar auf mich drauf gefallen. Vielleicht wollte sie das ja sogar.«

Er lachte bitter.

Leo streckte langsam und behutsam die Hand aus.

»Kommen Sie. Ich bringe Sie runter und Sie sagen mir, wo Julia ist, einverstanden?«

Doktor Haas sah Leo lange an. Dann zog er langsam das Bein, das über dem Geländer gebaumelt hatte, zurück und drehte sich Leo zu. Plötzlich hatte er wieder dieses charmante und zugleich zynische Lächeln in seinem feinsäuberlich gestutzten Bart, mit dem Leo ihn kennen gelernt hatte.

»Das klingt gut, wirklich gut, mein Freund. Was Ihre Freundin betrifft: Machen Sie sich mal keine Sorgen. Haben Sie Dante gelesen? Sagen wir, hier oben ist der Himmel, die Halle das Fegefeuer und die Kleine schlummert in der Hölle.«

Er tatschte Leo wieder auf die Schulter.

»Aber für mich ist es bereits zu spät. Ich gleite schon hinüber. Sehen Sie: Da vorne schwebt meine Frau. Sie kommt auf uns zu, sie sagt, es ist Zeit. Grüßen Sie Ihren Hector von mir – ich werde ihn vermissen.«

Damit schwang er sich kopfüber nach hinten und glitt mit einer eleganten Rückwärtsrolle lautlos hinab in die Nacht. Nicht einmal sein Aufprall war zu hören.

Leo rannte die Stufen hinunter. Er wusste jetzt, wo er Julia finden würde: Auch wenn Haas das wohl nicht angenommen hätte, er hatte tatsächlich Dante gelesen.

Wenn man die Halle verließ und die Treppen hinunterstieg, musste man sich nach links wenden, um nach einigen Metern eine Pforte vorzufinden, die ins Skelett des Monuments führte: das Säulenfundament der Befreiungshalle. Die Pforte stand offen und sofort erkannte Leo Julia, die, an Händen und Füßen sowie um den Mund herum mit Klebeband gefesselt und geknebelt, am Boden lag und kein Lebenszeichen von sich gab. Leo entfernte das Klebeband, hob sie auf und trug sie zum Defender. Im Licht der Strahler konnte er sehen, dass ihre Oberlippe geschwollen war und ihr linkes Auge einen großen, blauen Hof bildete. Schnell legte er sie auf den Stufen vor dem Eingang nieder und prüfte den Puls. Julia lebte.

Leo nahm seine Waffe aus der Jacke, sicherte sie, zog noch das Handy heraus und legte die Jacke der jungen Frau unter den Kopf. Dann rief er einen Krankenwagen und die Kollegen von der Kelheimer Wache.

Als die Blaulichter die Straße zur Befreiungshalle heraufkamen und auf den Eingang zusteuerten, kam Julia zu Bewusstsein, und sie fragte Leo, der, auf den mächtigen

Treppen, die über dem schlafenden Kelheim aufragten, saß und ihren Kopf in seinen Schoß gelegt hatte, was denn passiert sei, woher die Sirenen kämen und was das für blinkende Lichter seien, die da auf sie zu flögen. Leo strich ihr durch die blonden, dreckverschmierten Locken und sagte leise

»Nichts. Schlaf nur weiter. Ich bin wach und passe auf dich auf.«

18.

Hector sprang aus dem Wagen und tollte wie wild herum. Er war auch die letzten zweihundert Kilometer mehr als brav gewesen – was natürlich kein großes Kunststück war, da er die ganze Zeit geschlafen und wie ein ganzes Sägewerk geschnarcht hatte.

Leo nahm das Gepäck aus dem Kofferraum und brachte es in das weinrote Holzhäuschen mit den weißen Fensterrahmen. Schweden war wirklich ein Traum, es war noch viel schöner, als er es sich vorgestellt hatte. Schon beim Fahren hatte er das Gefühl gehabt – und das hatte schon bei Hamburg begonnen –, dass, je weiter er in den Norden kam, etwas von ihm abfiel, ihn befreite und in etwas zurückführte, was er zwar niemals zuvor gesehen hatte, was ihm aber dennoch wie ein Art Heimkommen erschien.

Unterwegs hatte er immer wieder mit Julia telefoniert, deren blaues Auge zwar noch leicht zu sehen war, die sich aber überhaupt nicht darum scherte, weil ihr zum ersten Mal in ihrem Leben völlig egal war, wie sie aussah und was andere von ihr dachten. Sie ging fast täglich mit Erdogan aus, und sie hatte Leo verraten, dass sie sich sogar schon eine gemeinsame Wohnung angesehen haben.

Leo warf das ganze Gepäck einfach auf das große Bett mit dem hellgrün-dunkelgrün karierten Überwurf, machte die Terrassentür auf, setzte sich mit auf dem weißen Holzgeländer hochgelegten Füßen in einen äußert bequemen Korbsessel und sah auf den ins goldene Abendlicht getauchten Fjord hinaus.

Plötzlich spürte er etwas Eiskaltes im Genick und schreckte hoch.

»Schau mal, wie kalt meine Hände sind. Hast du nicht die ganze Fahrt gesagt, du freust dich schon auf ein gemütliches, heißes Bad?«, fragte Anna und setzte sich Leo auf den Schoß.

»Ein heißes Bad?«, meinte Leo. »Stimmt. Das hatte ich ganz vergessen, Liebling.«

Er zog Anna an sich, küsste sie lange und zärtlich und strich ihr auf beiden Seiten die Haarsträhnen hinter die Brillenbügel.

Als sie später in der engen, aber hohen Blechbadewanne saßen und der heiße, duftende Dampf ihre Körper einhüllte, war es wie ein Erwachen; ein endliches Erwachen aus einem langen, unruhigen Schlaf einer kalten, schwarzen Nacht.